LAISSE-MOI TE DIRE

Janine Boissard est née et a fait ses études à Paris. Elle a vingt-deux ans lorsque paraît son premier roman, *Driss*, chez René Julliard, signé de son nom de femme mariée, Janine Oriano, mais elle reprend son nom de jeune fille pour publier aux éditions Fayard sa célèbre saga, *L'Esprit de famille* (six volumes en tout, de 1977 à 1984). Elle a écrit depuis bien d'autres romans et sagas romanesques, dont beaucoup ont été adaptés à la télévision. Janine Boissard a été décorée des Palmes académiques pour son action auprès de la jeunesse. Elle est mère de quatre enfants.

Paru dans Le Livre de Poche :

L'AMOUR, BÉATRICE

BÉBÉ COUPLE

BELLE GRAND-MÈRE

1. Belle grand-mère
2. Chez Babouchka
3. Toi, mon Pacha
4. Allô, Babou... viens vite ! On a besoin de toi

BOLÉRO

CROISIÈRE

1. Croisière
2. Les Pommes d'or

L'ESPRIT DE FAMILLE

1. L'Esprit de famille
2. L'Avenir de Bernadette
3. Claire et le bonheur
4. Moi, Pauline
5. Cécile, la poison
6. Cécile et son amour

PRIEZ POUR PETIT PAUL

RECHERCHE GRAND-MÈRE DÉSESPÉRÉMENT

LA RECONQUÊTE

RENDEZ-VOUS AVEC MON FILS

LES SECRETS DU BONHEUR

UNE FEMME NEUVE

UNE FEMME RÉCONCILIÉE

JANINE BOISSARD

Laisse-moi te dire

ROMAN

FAYARD

ISBN : 978-2-253-11862-6 – 1re publication LGF

À ma mère qui aimait tant ses bois des Ardennes et a transmis à ses enfants l'amour et le respect des chênes.

Les mots sont du vent, le vent pousse le monde.

Georges BERNANOS.

PREMIÈRE PARTIE

Nous

1

Penché sur mon épaule, le doigt tendu vers l'un ou l'autre des livres dont il m'avait donné le goût et qui, assurait-il, avaient décidé de sa vie, mon père disait : « Tu vois, petit, les mots attendent leur heure. Lorsqu'elle a sonné, rien ne peut les arrêter, ni la honte, ni la peur, ni même, parfois, l'amour. »

L'heure est venue, Gabrielle. Sous le flot des mots que je n'ai pas osé te dire, car tu ne voulais écouter que toi, je sens se rompre les digues du silence.

M'entendras-tu ?

J'imagine ton visage surpris : « Que me veut-il encore, celui-là ? » Tournant les pages, tu lanceras bientôt avec colère : « Il aurait pu m'en parler en face. Lâche, comme tous les hommes. »

Lâches, les hommes le sont pour éviter de faire couler les larmes des femmes qui leur redonnent un cœur douloureux de petit garçon dans un corps de géant. Lâche, je l'ai été aussi pour protéger nos enfants.

Et puis je t'aimais tant.

Laisse-moi te dire... Une dernière fois.

Je suis ce jeune homme brun aux yeux verts, sans signe particulier, qui se tient à l'écart ce matin de rentrée à Sciences-Po. Non que je sois timide ou sauvage, mais la discrétion est de rigueur chez les Madelmont, un nom qui veut dire « la maison de la montagne ».

Tu es cette longue fille blonde, mince, ailée, qui discute avec animation au centre d'un groupe d'étudiants, plus loin.

Est-ce bien moi que tu regardes ? Vers moi que tu te diriges ? Dans le doute, je me retourne, certain de trouver quelqu'un derrière mon épaule, mais déjà tu me tends la main, je découvre tes yeux outremer.

— Je m'appelle Gabrielle.

Et tu ajoutes drôlement :

— Avec deux l.

— Moi, c'est Jean-Charles.

— Est-ce vrai que vous sortez de Polytechnique ?

— Il me semble, oui.

— Mais, alors, pourquoi Sciences-Po en plus ?

— Une petite envie buissonnière avant de m'enfermer entre les colonnes de chiffres d'un ingénieur en aéronautique.

Tu as hoché la tête, perplexe. Je me suis enhardi.

— Et vous, Gabrielle avec deux l ?

— Moi, le bac. C'est tout.

Ainsi a commencé notre histoire. Tu avais dix-huit ans, moi, vingt-quatre. Je t'ai souvent revue en pensée, te détachant de ton groupe pour venir vers le jeune homme incrédule qui cherchait une ombre derrière lui. Je ne me trompais pas : c'était bien à un autre que tu t'adressais. Celui dont tu venais d'apprendre par tes amis qu'il était une « grosse tête », sans que, déjà, tu cherches plus loin, ce que révèlent les yeux par exemple, dont on dit qu'ils sont les miroirs de l'âme. Tu aurais vu une âme inquiète.

Écoute-moi, Gabrielle, aujourd'hui c'est le véritable Jean-Charles qui te parle.

— Si on travaillait chez moi ? as-tu demandé. On serait plus tranquilles.

Je ne pouvais te proposer la chambre que me cédait une vieille dame dans son appartement du seizième arrondissement en échange de quelques nuits de présence, m'étant engagé à n'y recevoir personne.

Chez toi, c'était trois cents mètres carrés à Neuilly, donnant sur le bois de Boulogne. Tu avais perdu ta mère ; ton père, diplomate, était souvent absent ; tu y vivais seule comme une princesse abandonnée.

— Un appart' de réception, m'as-tu averti en m'en ouvrant la porte pour la première fois.

Un palais glacé.

Le grand salon, empli de meubles et de tableaux de prix, semblait attendre les invités. Un piano à queue d'un beau noir luisant en occupait une partie, sa banquette de velours grenat devant le clavier ouvert.

Tu as désigné, sur l'instrument, le portrait d'une femme dans un cadre argenté.

— Ma mère. Elle est morte quand j'avais 5 ans. Ce qu'on appelle une longue maladie.

Tu lui dois la blondeur de tes cheveux et ton regard bleu, mais son visage à elle, pourtant si jeune, est sans lumière, ses yeux sont noyés par la tristesse. Le cou, les épaules, sont raides. Elle est de celles à qui l'on a appris à ne pas montrer leurs sentiments. Dans son milieu, le mot d'ordre est « on se tient ».

Il arrive qu'on en meure.

Tu as eu un rire.

— Il paraît qu'elle aurait pu être une virtuose. Eh bien, tu ne me croiras jamais, Jean-Charles. Elle a renoncé au piano pour prendre des cours de bouquets.

2

Gabrielle, avec deux l.

Les cours de bouquets.

Comment le jeune homme déjà épris aurait-il pu percevoir l'avertissement qu'en toute inconscience tu lui adressais sur toi-même. Tu ne te connaissais pas encore.

Ta mère, Agnès, n'avait eu d'autre horizon que ton père, Hugues Larivière, qu'elle avait épousé à 19 ans. Il en avait 25 et ils s'aimaient depuis l'enfance, lui le grand qu'elle admirait, elle la petiote qu'il protégeait. Reçu major à l'ENA, il était entré aux Affaires étrangères, où il avait été très vite attaché d'ambassade : une vie de voyages. Agnès avait renoncé au Conservatoire et n'avait plus joué de piano que pour son propre plaisir et celui de leurs invités lors des nombreuses réceptions qui sont le lot des diplomates.

Gerbes de notes, gerbes de fleurs, harmonie de couleurs, accords, symphonie, sonatine ou opéra ? Les leçons de bouquets avaient permis à ta mère de réchauffer les froids salons où ton père exerçait sa mission. De mettre gaîté et beauté dans la vie de son mari.

D'où venait cette tristesse sur son visage ? Ton rire douloureux me fit remettre la question à plus tard.

Plutôt que dans le salon, nous avions pour travailler élu domicile dans le bureau de ton père. Derrière les fins grillages de la bibliothèque sommeillaient des livres dont la plupart étaient, eux aussi, d'apparat. Il m'arrivait d'en sortir un. Lorsque je l'ouvrais, la reliure craquait comme la serrure d'une porte trop longtemps verrouillée. En feuilletant les pages, il me semblait ranimer les mots. Parmi ces livres, j'avais découvert, dans la Pléiade, l'œuvre de George Sand. Des signets marquaient certains passages.

— Mon maître à penser, avais-tu déclaré d'un ton solennel.

L'émotion au cœur, je t'avais révélé le nom du mien : le Petit Prince de Saint-Exupéry. Il m'arrivait même de me demander si ce n'était pas dans l'espoir de le rencontrer sur l'une de ses planètes que j'avais choisi l'aéronautique.

Tu étais avide d'apprendre, mais, comme les enfants très doués, tu avais tendance à te disperser. Je crois t'avoir aidée à acquérir une méthode de travail et un peu de rigueur. Ces moments passés épaule contre épaule, partageant notre effort et nos souffles à la longue table Louis XV, ornementée de bronze doré, resteront, quoi qu'il en soit, parmi les plus exaltants de ma vie.

Il me semblait parfois t'emporter sur mes ailes.

Lorsque nous relevions les yeux, notre regard plongeait sur les marronniers du bois de Boulogne. D'abord enflammés par l'automne, leurs couleurs s'étaient fanées. Puis, dans la nuit tôt tombée, ils avaient formé l'armée des ombres, se signalant par de furtifs craquements.

Cette année-là, où nous nous sommes connus, le thermomètre est descendu jusqu'à moins quinze. Des arbres sont morts de froid. Chez moi, dans les Ardennes, on dit qu'ils sont « gelivés ». La gelivure creuse une profonde blessure qui part de la racine et monte haut dans le tronc. Le chêne ou le hêtre atteint devra être marqué pour la coupe.

À Neuilly, le chauffage central n'y suffisant plus, nous allumions un radiateur d'appoint. La cheminée au tablier de marbre gris du salon n'avait jamais servi qu'à mettre en valeur, entre deux chandeliers, la pendule Convention portant un coq aux ailes déployées. Ses aiguilles, dont la plus petite s'ornait en son extrémité du soleil révolutionnaire, étaient arrêtées sur 2 heures. 2 heures du matin ? 2 heures de l'après-midi ? Je ne le saurais jamais et cela me procurait une sourde angoisse.

Lorsque les bourgeons ont explosé, que les oiseaux ont chanté le renouveau, nous avons fait l'amour.

Jusque-là, nous nous étions contentés de baisers passionnés, de caresses que ta main, repoussant la mienne, limitait. Tu m'avais fait comprendre que tu étais vierge et j'avais accepté d'attendre le bon plaisir de ma dame.

Comme beaucoup de garçons, c'est dans le regard de ma mère que mon cœur s'est formé. Pour aimer, j'ai besoin d'admirer et de respecter et, avant de te connaître, je n'avais eu que de brèves aventures. Le sida commençait ses ravages. Je me suis soumis au test en ayant l'impression de rendre à ton innocence le secret hommage qui lui était dû.

C'est le long week-end de l'Ascension. Je suis en congé de ma logeuse, ton père est à l'étranger. Dans ton avenue résidentielle, la plupart des volets sont fermés et, ce jeudi soir, silencieux et parfumé, on dirait que le Bois ne respire que pour nous.

Après le travail, tu as décidé de dîner sur la terrasse. Ton réfrigérateur est régulièrement rempli par la femme de ménage qui passe chaque matin. Lorsque tu poses une bouteille de champagne sur la table de fer forgé, mon cœur fait des siennes.

Nous sommes de modestes consommateurs d'alcool. Un grog lorsqu'il fait froid, parfois un verre de vin, suffisent à notre bonheur. Comme tu t'apprêtes à ouvrir la bouteille, je te la prends des mains. Ne suis-je pas un gars de Champagne ?

Nos coupes remplies, tu lèves la tienne.

— À nous.

Nous n'arriverons pas au bout du repas.

Tu t'es levée et tu m'as tendu la main : « Viens. » Ce n'est pas dans ta chambre que tu m'entraînes – une chambre que je n'ai fait qu'entrevoir, dépouillée, sans ces reliques d'enfance qu'aiment en général à y conserver les jeunes filles –, mais dans celle de ton père.

M'en ouvrant la porte, tu as annoncé.

— La chambre conjugale.

Un crucifix, barré d'une branche de buis fané, était suspendu au-dessus du large lit recouvert de satin bleu-gris comme les rideaux. Sur les tables de nuit se trouvaient les photos de famille, absentes de ton chevet. Le miroir d'une coiffeuse portant un jeu de brosses à monogramme argenté semblait attendre le visage de ta mère. Je l'ai vu s'y inscrire.

Me désignant son portrait sur le piano, tu avais eu le même rire qu'en m'introduisant dans la « chambre conjugale ». J'ai senti dans ta décision d'y faire l'amour un défi qui m'a gêné.

— Si nous allions plutôt chez toi ?

— Tu as vu la taille de mon lit ?

Tu es venue à moi et, comme une môme, tu as levé les bras en me demandant de retirer ton tee-shirt. Tes seins nus en ont jailli ; lorsque ta jupe est tombée en corolle à tes pieds, ta sage culotte blanche en coton m'a troublé davantage que les strings à la mode aujourd'hui, ma petite fille, mon amour d'enfant.

Puis tu as soulevé la couverture du lit et tu t'y es étendue, m'appelant du regard.

Lorsqu'on aime aussi ardemment que je t'aimais et depuis tant de mois. Que, nuit après nuit, on a rêvé du jour où l'on occuperait le corps convoité, le moment venu, la crainte se mêle au bonheur. Je ne suis pas de ceux qui s'enorgueillissent de prendre un pucelage. Je redoutais de te faire mal. Et saurais-je t'amener au plaisir ? Attendais-tu cela aussi de mon expérience ?

Tu n'avais jamais tenu le sexe d'un homme entre tes doigts. L'ampleur de mon désir t'a déconcertée. Tu t'en es amusée tandis que je me retenais de mourir. De ce ton de défi qui te caractérisait déjà et m'attendrissait, tu as dit :

— Bien sûr, nous aurons des enfants !

À mon tour, je t'ai caressée. Ta rivière coulait en

abondance. Bien que brûlant d'y boire, je me suis retenu de crainte de t'effaroucher et j'ai guetté ton signal pour entrer en toi.

Si tu avais reculé, préféré remettre à plus tard, je n'aurais pas insisté. Ne venais-tu pas de me faire savoir que nous avions toute la vie ?

Mais tu prends mes hanches dans tes mains et m'attires sur ton ventre. Tu t'ouvres à moi et, tandis que je te pénètre, en brave petit soldat, tu rives ton regard au mien pour m'indiquer que toi aussi tu veux. Tu me veux.

Je sens la résistance. Lorsque je force, c'est à peine si ton regard se voile, si tes lèvres se crispent. C'est moi qui ferme les yeux et, n'y pouvant plus tenir, explose de tout mon être en toi.

Au lever du jour, j'ai promené mes lèvres sur le petit anneau de sang tachant le drap.

— Tu es mienne, ai-je dit.

— Tu es mien, as-tu répondu.

3

Les arbres de Saint-Germain flambaient comme au jour de mon arrivée dans ton royaume de princesse abandonnée : deux ans déjà !

Ce soir, nous fêtions notre double réussite à Sciences-Po en compagnie de ton père. Après l'apéritif à Neuilly, il nous emmènerait souper sur une péniche.

Jusque-là, je n'avais fait que croiser Hugues Larivière, mais il m'avait fort impressionné. « C'est quelqu'un », aurait dit mon père. Et sans doute aurait-il ajouté : « Un monsieur. »

Ce qui me séduisait chez lui, ce n'était pas son allure élégante, ni même sa Légion d'honneur, mais cette distinction d'esprit que dévoilait un regard à la fois léger et attentif, qui, sans juger, allait à l'essentiel.

— Alors, jeune homme, il paraît que vous faites tandem avec ma fille ?

— Il m'arrive de me demander qui conduit le tandem, avais-je plaisanté, et il m'avait répondu par un bref sourire amusé.

Approbateur ?

Pas plus que la femme triste sur le piano, il ne s'autorisait à montrer ses sentiments. Il les bridait avec l'humour. Et cette discrétion qui formait autour de lui comme un imperceptible filtre n'empêchait pas un appétit de vie que dénonçait une bouche gourmande.

Bref, ton père me plaisait.

Il a levé sa coupe à notre succès et nous a souhaité réussite dans nos futurs projets.

— Nous allons commencer par nous marier, lui as-tu annoncé.

Il a semblé heureusement surpris.

— Félicitations. J'avais cru comprendre que la mode était plutôt au concubinage.

— Lorsqu'on souhaite avoir des enfants, le mariage reste conseillé, as-tu lancé sèchement.

— Et « concubinage » est vraiment un vilain mot, ai-je plaisanté pour ramener l'atmosphère à la fête, presque autant que « concupiscence », qui, d'après mon père, remporte la palme de la laideur.

Hugues Larivière a ri franchement.

— Quoi qu'il en soit, Jean-Charles, savez-vous à quoi vous vous engagez en épousant ma fille ? Elle n'en a jamais fait qu'à sa tête. Lui résister tient de l'exploit.

— Comme il se trouve que nous avons la même chose en tête, j'espère bien partager l'exploit.

Il m'a tendu la main.

— Alors, bienvenue à la maison.

De nous deux, Gabrielle, lequel avait le premier évoqué le mariage ? Il n'y avait pas eu de « demande » à proprement parler, sinon ta phrase : « Bien sûr, nous aurons des enfants. »

Les enfants de concubins étaient encore une minorité, et rares, les familles monoparentales. Le pacs était loin. Ton désir d'enfants, que je partageais, avait inscrit tout naturellement le mariage au programme.

— Et peut-on savoir quand aura lieu la cérémonie ? a demandé Hugues Larivière.

— Dans quelques semaines. Tu nous pardonneras, papa, cérémonie civile seulement.

Une ombre est passée dans son regard, sitôt corrigée par un sourire. J'ai revu le crucifix au-dessus du lit de la chambre conjugale. Ce défi que j'avais senti dans ta volonté d'y faire l'amour cette première fois – par la suite, nous nous étions contentés du divan de ta chambre – s'adressait-il aussi à Dieu ?

— Le pardon n'a rien à voir en l'occurrence. Il s'agit plutôt de tolérance, a remarqué Hugues Larivière. Vous n'êtes pas croyant, Jean-Charles ?

— Ma mère l'est, mon père, non. Je crains d'être entre les deux.

— Nous sommes nombreux dans ce cas.

Il a embrassé le salon d'un large geste :

— Quelle que soit la cérémonie, sachez que les lieux, ainsi que la cave, sont à votre disposition.

— Merci bien. Pour les lieux, nous n'avons rien décidé.

C'était un refus à peine voilé, et la froideur de ta voix m'a, à nouveau, blessé pour ton père.

Lui, n'en a pas semblé autrement surpris.

— À propos de lieux, avez-vous fixé l'endroit où logera le jeune ménage ? Je n'oserais vous proposer de vous installer ici, bien qu'il y ait largement la place et que le propriétaire, souvent absent, ne risque pas de vous gêner, a-t-il suggéré avec humour.

— Nous cherchons un studio à louer à Paris. Avec nos deux salaires, cela ne devrait pas poser de problème, as-tu répondu.

Hugues Larivière s'est tourné vers moi.

— Autre caractéristique de la demoiselle que vous allez épouser : elle n'a jamais rien voulu devoir à personne. Plus particulièrement à son père.

Tandis que tu te changeais pour le souper sur la péniche, il m'a interrogé sur mes projets. Je lui ai appris que j'entrais au ministère des Transports, tout en ayant l'espoir de faire partie un jour de l'aventure de l'A 380, le gros porteur, le géant du ciel.

— Je vous le souhaite, Jean-Charles. Et je vois que nous avons fait le même choix : servir l'État. Préparez-vous à être traité peu aimablement de fonctionnaire par ma fille. Elle associe volontiers à ce statut une paire de pantoufles. Pour ma part, j'ai eu maintes occasions de passer dans le privé, mais le mot « patrie » garde un sens pour moi, surtout ne le lui dites pas.

— Eh bien, nous serons trois à faire face : mon père est lui aussi fonctionnaire. Après avoir été garde forestier, il travaille à présent pour une bibliothèque municipale ; après tout, bois et livre sont mariés.

— L'heureux homme !

Il a désigné la bibliothèque dans son bureau.

— Si je vous avouais que je n'ai pas ouvert un roman depuis des années. Ma femme m'obligeait à en prendre le temps. Musique et livres étaient son univers.

— J'aurais aimé la connaître.

Pour compenser la voix sèche avec laquelle tu

t'étais adressée à ton père, j'ai mis double chaleur dans la mienne. Son regard m'en a remercié. À cet instant, ne t'en déplaise, comme un pacte s'est lié entre nous ; je n'aurais su dire lequel.

— Et alors, qu'est-ce qu'on attend ? as-tu demandé en apparaissant à la porte, belle à couper le souffle dans ta longue robe noire décolletée.

— Mais le bon vouloir de la reine, bien sûr, a répondu Hugues Larivière.

Durant le souper, tu lui as annoncé ton grand projet.

Avec une amie de fraîche date, rencontrée dans ton club de sport et diplômée d'une école de commerce, tu allais ouvrir une boîte de services.

Souria avait 26 ans ; son père était marocain, sa mère, française. Elle avait gagné de haute lutte le droit de choisir sa vie. Belle, volontaire, elle avait fait ma conquête comme la tienne. Nous avions des conversations passionnées sur les femmes africaines, tous trois persuadés que l'avenir de leurs pays était entre leurs mains, espérant qu'un jour leur voix serait écoutée.

N'était-ce pas elles qui « faisaient tourner la baraque », comme tu disais, tandis que, trop souvent, les hommes se contentaient de palabrer ? Lorsqu'ils ne se faisaient pas la guerre.

Le projet de Souria était d'organiser, à domicile, dîners ou réceptions d'affaires, ordinairement donnés au restaurant ou dans des lieux anonymes. Chacun sait que les collaborateurs d'une entreprise, comme les étrangers de passage, sont honorés d'être reçus chez le patron.

De A à Z, des cartons d'invitation aux fleurs, en

passant par la location de matériel, le personnel, le traiteur et le sommelier, tout serait pris en charge par votre boîte. L'addition pouvant être inscrite dans les notes de frais.

Souria t'avait proposé de participer à l'aventure.

— Elle voulait appeler la société : « De A à Z », j'ai trouvé mieux. Écoute ça, papa : « MAJOR-DAME ».

Ton père a applaudi, au nom et à l'idée. À l'époque, les services étaient moins développés qu'aujourd'hui. La nouveauté serait votre point fort.

— Et, bien sûr, tout est remis en ordre après.

Tu étais si excitée que tu en oubliais d'honorer le repas.

— Finalement, je m'apprête à épouser une femme d'affaires, ai-je remarqué.

— Vous l'ignoriez, Jean-Charles ?

Comme tu parlais « finances » (obtenir des crédits pour créer son entreprise était plus difficile qu'aujourd'hui, a fortiori pour une femme), ton père t'a proposé de vous présenter, Souria et toi, à un ami banquier, susceptible de vous aider.

— Merci non ! Souria a déjà une solution. Et moi, je disposerai des sous que maman m'a laissés. À moins que tu n'y voies un inconvénient ?

Cette fois, le regard et la voix étaient de défi. Hugues Larivière a détourné les yeux. La fête était finie.

De quoi en voulais-tu si fort à ton père ? D'avoir été trop peu présent après la mort de ta mère ? De t'avoir trop souvent abandonnée aux mains de gouvernantes ou de jeunes filles au pair ? Mais comment faire autrement ? Et n'avait-il pas renoncé à voyager pour toi en regagnant le Quai d'Orsay ?

Plus tard, revenue en ton palais, alors que tu te blottissais contre moi dans ton lit étroit d'adolescente, mais qui suffisait à mon bonheur, je t'ai interrogée sur ton attitude vis-à-vis de cet homme digne et tolérant qui me plaisait tant.

Ta réponse m'a glacé.

— Mais tu n'as donc pas compris, Jean-Charles ? La longue maladie de ma mère, c'est lui. En la privant de Conservatoire pour en faire une potiche à son service, il l'a tout simplement dévorée.

4

Mes parents à moi, Joseph et Jeanne Madelmont, tu vas, ce dimanche d'hiver, les rencontrer pour la première fois et je suis ému comme un enfant qui redoute que son royaume ne soit pas apprécié à sa juste valeur.

Il est si éloigné du tien.

Joseph, fils d'un bûcheron qui n'avait jamais connu d'autres paysages que les bois des Ardennes et ne savait lire que dans la couleur d'un feuillage, un vol d'oiseau, la course d'un daguet ou d'un marcassin, avait compris très tôt, grâce à un instituteur inspiré, que le livre élargirait son univers.

Enfant doué et obstiné, mon père avait décroché une à une, comme au mât de cocagne, les bourses qui l'avaient mené jusqu'au diplôme de l'école des Eaux et Forêts. Après quoi, il était revenu « au pays », nommé surveillant de la forêt domaniale où son propre père avait toujours travaillé.

Joseph n'avait jamais oublié ce qu'il devait au livre et, deux années auparavant, la retraite venue, il s'en était fait le colporteur passionné en conduisant de hameau en hameau, de ferme en ferme, un bibliobus pour le compte de la mairie de Saint-Laurent, notre village.

Après l'avoir faite à ceux qui attaquaient les arbres, il avait déclaré la guerre aux parasites qui gangrenaient la langue française, à commencer par les animateurs du petit écran. Si ceux-ci écorchaient un mot, il les reprenait à voix haute. Il fallait l'entendre ! Il leur aurait volontiers tapé sur les doigts.

— Ma femme peut dormir tranquille, je n'ai de liaison qu'avec les mots.

Et il ne se montrait raciste que pour défendre la langue bleu-blanc-rouge, contre l'anglicisation.

Tu as ri, Gabrielle, lorsque je t'ai confié que, si mes parents m'avaient appelé Charles, c'était en hommage à l'hôte de Colombey-les-Deux-Églises, pas si loin de chez nous, qui parlait et écrivait si bien le français.

Ma mère, Jeanne, était fille de viticulteurs et avait choisi de rester à la maison, où, entre Brigitte, ma sœur aînée, et moi, son potager, ses fleurs, et des voisins âgés dont elle s'occupait quotidiennement, elle n'avait pas chômé.

C'est en la voyant « faire tourner la baraque » d'une main ferme, tandis que papa se consacrait à sa double passion, les arbres et les mots, que j'ai mesuré la force des femmes.

Lorsque j'avais été admis à Polytechnique, tous les environs en avaient été avertis par le klaxon victorieux du bibliobus. Maman s'était contentée de m'embrasser : « C'est bien. Va, mon grand. »

Ce « Va » qui m'avait poussé jusque-là. Jusqu'à toi.

Nous sommes arrivés à la Treille, non loin de Charleville, après un long et cahoteux trajet dans mon antique deux-chevaux. Ma mère nous attendait à la barrière du jardin. Elle t'a ouvert ses bras.

— On se fait la bise, Gabrielle ?

J'ai senti ton léger recul. Et, pas de chance pour toi, dans ce coin où la Meuse raconte tant de sanglantes histoires, c'est quatre bises, le quatre de 14 et de 40.

Mon père a réclamé sa part. Sylvain – génie protecteur des bois –, notre doux chien-loup, t'a fait fête lui aussi.

T'ouvrant la porte de la maison, maman a dit :

— Entrez, faites comme chez vous.

Et, à nouveau, cette raideur de ta nuque.

Ce n'était pourtant pas paroles en l'air. Si elle l'avait souhaité, la future madame Madelmont aurait eu le droit d'ouvrir les trois battants de l'armoire à linge, de tirer les tiroirs des commodes, de se servir dans le vaisselier de la cuisine. Et si nous avions décidé de dormir à la Treille, tu aurais eu droit à la plus belle chambre : la chambre conjugale.

Tu as demandé à visiter la maison. Tout fier, mon père a fait le guide. Il en avait tant rêvé, de ces quatre murs à lui, et il avait tant travaillé pour les gagner. Ma mère fermait le ban. Qu'auraient-ils pensé de ton « appart » de réception à Neuilly ? Il y manquait ce que l'on trouvait en abondance sous leur toit d'ardoise mauve : la chaleur du bien-vivre. Tes paroles sur ta mère résonnaient encore en moi : « Sa longue maladie, c'est mon père. Il l'a tout simplement dévorée. »

J'avais, de mon côté, senti la déception de la mienne en apprenant que nous ne nous marierions pas à l'église. Bien que les Madelmont soient, de tradition, allergiques à la soutane, mon père, pour sa propre union, n'avait pas songé un instant à repousser... la prière de celle qu'il aimait.

J'avais très vite compris que tu ne reviendrais pas sur ta décision.

— N'en veux pas à ta Gabrielle, avait murmuré maman en posant la main sur mon bras. Les temps ont changé ; certains oublient même de passer à la mairie...

Brigitte, ma sœur aînée, nous a rejoints avant le déjeuner. Sociologue, elle enseigne à Charleville. Son mari, instituteur, n'avait pas pu venir, une fête le retenant à son école avec leurs trois garçons.

Un feu avait été allumé dans la salle à manger ouverte à ton intention. Nous nous y sommes installés pour l'apéritif. Lorsque la voix péremptoire de la haute horloge de bois clair a sonné, tu as sursauté. Ses aiguilles à elle ne s'étaient jamais arrêtées.

— Tu sais, Jean-Charles, la bague de fiançailles, ça m'est un peu égal, m'avais-tu dit durant le trajet. Je ne suis pas très « bijoux » et j'ai déjà tous ceux de maman dans un coffre à la banque.

Tu n'ignorais pas que le budget de mes parents était modeste, et j'avais vu dans tes paroles un souci de délicatesse. Mais j'aurais peiné ma mère en l'empêchant de sortir de son écrin le diamant ourlé de grenats qu'elle gardait pour la future épouse de son fils : la bague de fiançailles de ma grand-mère viticultrice.

Elle a roulé sur ton assiette lorsque tu as déplié ta serviette. Tu as ri et remercié. Elle flottait à ton doigt de citadine. « Je connais quelqu'un qui la mettra sans problème à ma taille », as-tu proposé gentiment.

Aujourd'hui, cette bague a rejoint les bijoux d'Agnès Larivière dans le coffre, à ta banque. Je ne saurais dire exactement quel jour tu as cessé de la porter. Et, en m'interrogeant comme pour les aiguilles arrêtées de la pendule Convention posée sur la cheminée de Neuilly, j'éprouve un vertige : je n'ai pas perçu le signal.

5

Pour te fêter, ma mère avait mis les petits plats dans les grands. Après une fricassée de girolles, tu as eu droit à la bayenne : ragoût de sanglier accompagné d'un gratin de pommes de terre mêlé d'ail et d'oignon.

À plusieurs reprises, durant le festin, j'ai vu ton regard accrocher la pendule. Quand le pensum s'achèverait-il ?

Tu n'avais pas, mon orpheline, connu les repas de famille. Dans les ambassades, tu les prenais le plus souvent dans ta chambre avec une gouvernante. Revenue à Neuilly, après le décès de ta mère, tu les partageais avec une jeune fille au pair. Lorsque ton père était là, il préférait t'emmener au restaurant.

N'ayant jamais été privée de pain, tu ne soupçonnais pas l'importance de ces longs déjeuners du dimanche où il se trouve en abondance. Sais-tu que le mot « compagnon » vient de son partage ? La petite croix tracée par ma mère sur la miche avant de la couper témoignait de son caractère sacré, un don du ciel pour ceux qui avaient manqué de pain.

Brigitte t'observait. Dernière ses lunettes, son œil ne perdait rien de ton impatience, ni de ta peine à vider ton assiette, au bord de laquelle tu repoussais discrètement des petits morceaux d'ail. Tu t'es animée lorsqu'elle a eu la bonne idée de t'interroger sur Majordame.

La sociologue qu'elle était a trouvé l'idée excellente. Selon elle, vous pouviez espérer une abondante clientèle féminine. Les femmes, accédant de plus en plus à des postes de responsabilité, seraient heureuses de pouvoir, sans souci, recevoir chez elles, montrer leur intérieur.

— Nous souhaitons aussi trouver des formules plus abordables pour libérer des corvées domestiques, en certaines occasions, des femmes moins privilégiées, as-tu lancé maladroitement.

Ma mère était en train de couper la tarte aux myrtilles, baies cueillies par ses soins, pâte roulée par sa main. J'ai vu un sourire indulgent sur ses lèvres. Depuis toujours, ces « corvées ménagères » dont tu parlais avec condescendance avaient rythmé ses journées. Bien pourvue en machines ménagères, elle y avait trouvé son bonheur tout en nous offrant celui de sa présence à la maison.

Le soir, après l'école, lorsque je faisais mes devoirs ou révisais mes leçons à la cuisine, la tiède odeur du coton des chemises sur lequel glissait le fer, mêlée à celle de la soupe ou du ragoût mijotant sur le feu, était pour moi celle d'une félicité propre à consoler des pires maux.

— Qu'est-ce que tu nous a préparé de bon pour dîner ? demandait invariablement mon père en rentrant de sa forêt.

« Ces cons qui sont pour le retour du linge lavé à la rivière », fulminerais-tu plus tard, en caricaturant les écologistes.

Ma mère ne t'aurait pas démentie. Mais, sans souhaiter pour autant retourner à la rivière ou au lavoir, elle était restée attachée à certains plaisirs « cons », comme celui de secouer la salade dans un rond panier de fer sur le pas de sa porte, en consultant le ciel, ou d'étendre le linge sur un fil au fond du jardin tout en papotant avec la voisine par-dessus la haie de lauriers.

Et, en ce dimanche de fête, son plaisir avait été de chercher pour toi les myrtilles le long du chemin creux et de pétrir longuement la pâte brisée, après avoir versé l'huile dans le puits de farine et introduit le beurre par petits morceaux.

— Délicieuse, cette tarte, as-tu concédé.

Brigitte m'a adressé un clin d'œil malicieux avant de se tourner vers toi.

— Vous n'aurez qu'à demander à Jean-Charles de vous la faire. Ignorez-vous, Gabrielle, que vous allez épouser un cordon-bleu ?

Ton regard incrédule, tes lèvres entrouvertes d'étonnement, m'ont attendri. Je n'avais pas encore eu l'occasion de te faire goûter mes spécialités.

— Et il fait même la vaisselle après, a ajouté ma sœur.

— Alors tu seras mon majordome du dimanche, as-tu déclaré.

Et tous ont applaudi.

Après la tarte, nous avons bu une coupe de champagne. Puis, le café pris, nous sommes allés faire un tour en forêt. Ma mère t'a prêté une paire de bottes. Elle préférait rester à la maison.

Un timide soleil caressait le bois nu. Les chênes paraissaient plus hauts, plus vénérables dans leur dépouillement, les hêtres plus frileux. Le pied s'enfonçait dans l'humus, d'où montaient de brunes odeurs de fini, d'infini. Sylvain arpentait son domaine. J'ai ramassé quelques bolets pour l'omelette du soir de la « patronne » ; il nous arrivait d'appeler ainsi maman.

— Il faudra que vous reveniez au printemps, Gabrielle, a dit mon père. Vous verrez, cette fête !

Tandis qu'il t'apprenait le nom donné aux chênes tout au long de leur vie : baliveau jusqu'à trente ans, modernes jusqu'à soixante, puis cadets, et enfin anciens, certains pouvant atteindre les trois cents ans, Brigitte m'a entraîné à l'écart.

— Es-tu bien sûr, petit frère ? a-t-elle murmuré.

Avant que j'aie pu lui demander ce qu'elle voulait dire par là, tu faisais demi-tour et venais glisser ton épaule sous mon bras.

— Alors ? On m'abandonne ?

Au moment des adieux, c'est mon père, le visage radieux, qui m'a chuchoté à l'oreille :

— As-tu remarqué comme elle parle ? Pas une faute. Et ça coule de source. Crois-moi, mon fils : Larivière et Madelmont, c'est fait pour s'entendre.

Qu'aurait-il pensé, mon cher et naïf papa, s'il t'avait entendue soupirer, à peine la grand-route retrouvée.

— Je les aime bien, tes parents. Mais ils sont un peu lourds, quand même. Et de l'ail dans tous les plats, sans compter le sanglier, quand on a des invités, c'est une faute de goût manifeste.

Dit avec élégance, coulant de source...

— Tu sais que c'est à la famille de la fille que revient le soin d'organiser la réception de mariage, as-tu ajouté. Pour le menu, c'est moi qui déciderai.

Tu t'en es chargé à la perfection quelques semaines plus tard, aidée par Souria : mariage dans l'intimité, une quarantaine de personnes seulement. Des mets légers et raffinés, sans ail ni oignon, petits pains chauds individuels glissés dans les serviettes au chiffre du grand hôtel parisien qui nous recevait.

6

Et il y avait la petite Marie, l'amie de cœur, la confidente de toujours, chez qui tu avais trouvé la chaleur d'une maison pleine : mère, père, frères et sœurs, dont tu disais qu'ils étaient les tiens. Marie Colombelle, qui avait gardé son nom à côté de celui de son mari, Leyrac.

Bien avant de la rencontrer, je l'avais découverte sur les murs de ta chambre à Neuilly, Marie-Gaîté, avec cette frise humoristique : « Gabrielle la Pharaonne », qu'elle y avait dessinée, te représentant à diverses étapes de ta vie.

Tu l'appelais toujours la « petite ». Aussi avais-je pensé à une différence de taille : toi, un mètre soixante-quinze, auquel tu ajoutais volontiers des talons ; elle, un mètre soixante, toujours en baskets.

Je me trompais : il ne s'agissait pas d'une affaire de centimètres. Si tu regardais Marie de haut, c'est que pour toi elle avait démérité en renonçant à son rêve : faire carrière dans le dessin animé, pour se consacrer à ceux qu'elle nommait ses « hommes », son mari et leurs jumeaux.

Elle venait de terminer l'école des Gobelins lorsqu'elle avait rencontré Denis.

Lui, n'avait connu que la pension où son père l'avait enfermé après un divorce orageux et le départ de sa mère qui n'avait pas souhaité la garde de son fils. Pension dorée, mais où une vue défaillante, à laquelle s'ajoutait un fort bégaiement, en avait fait la victime toute désignée des enfants, qui cherchent toujours à marquer leur territoire en en excluant brutalement les plus faibles.

D'autant que Denis Leyrac avait une tare supplémentaire, insupportable pour ses jeunes tortionnaires : son intelligence remarquable. Cacher ou casser les lunettes du « bouffon » pour l'empêcher de réussir avait été le sport favori des imbéciles.

Lorsque Marie l'avait rencontré, il venait, à vingt ans, de perdre ce père lointain qui lui laissait en héritage une petite fortune et un grand trou au cœur qu'il n'avait désormais plus l'espoir de combler.

Comme par enchantement, il s'était alors trouvé des amis en quantité, attirés par son compte en banque, vendeurs de paradis artificiels où il s'était enfoncé peu à peu. Sans Marie, il n'aurait probablement pas survécu.

Elle avait pris sous son aile minuscule ce garçon d'un mètre quatre-vingt-dix et prononcé les premiers mots de tendresse qu'il ait jamais reçus. L'effet avait été foudroyant. Sous leur puissance, la carapace de révolte désespérée avait explosé. Denis avait repris ses études scientifiques et décroché un poste de chercheur au CNRS – parole et communication –, où plus personne ne songeait à le persécuter. Entre-temps, il avait épousé Marie et ils avaient eu leurs jumeaux, Martin et Arthur, aussi filiformes et myopes que leur père, aussi joyeux et positifs que leur mère.

Lorsque tu m'avais présenté le couple, une image m'était revenue : ce coureur du Tour de France, descendant du podium dans son maillot jaune, désignant, dans la foule, un petit bout de femme écarlate de bonheur, et confiant au journaliste qui l'interrogeait : « Heureusement qu'elle était là. Elle est fière de moi, alors je me suis dit : "Vas-y !" et j'ai gagné. »

Le « Va » de ma mère.

Nous sommes mariés depuis plus de deux ans. Toi, Gabrielle, tu n'as pas eu besoin d'encouragements pour t'envoler. Souria a su flairer le vent. Majordame est déjà une entreprise florissante. Comme l'avait prévu Brigitte, ce sont en majorité des femmes qui s'adressent à vous, femmes aisées dont la plupart travaillent, heureuses de pouvoir recevoir chez elles sans souci. Le bouche à oreille fonctionnant, vous ne savez plus où donner de la tête et venez d'embaucher une troisième larronne : Estelle.

Nous louons un studio au centre de Paris, quartier de l'Opéra, non loin de ta boîte. Denis et Marie habitent, eux, une maison à Chaville, au diable selon toi, et nous nous voyons peu. Mais c'est bien sûr à ton amie de cœur que tu as voulu réserver la primeur de la grande nouvelle : après tant de mois d'attente inquiète, d'espoirs déçus, tu es enfin enceinte.

Il est midi, en ce brumeux dimanche de novembre, lorsque nous poussons la grille du Colombier, une jolie maison dans le quartier résidentiel de la ville. Le jardin est vaste, l'odeur de la pelouse fraîchement tondue me chatouille agréablement les narines. Autour, dressés, les arbitres des parties de foot : peupliers argentés, digne érable pourpre, et sorbier des oiseaux qui semble applaudir de tous ses fruits rouges.

La maison pourrait avoir été dessinée par un enfant. De part et d'autre du perron, deux boules de gui sourient. Le jaune-vert du lierre rivalise avec celui du houx le long des murs de crépi rose.

Pas un rideau ne manque aux fenêtres. Sur le côté, les bûches qui aideront à passer l'hiver. La cheminée envoie ses signaux légers à la brume lorsque nous arrivons.

Ma mère apprécierait.

Martin et Arthur, sept ans, courent tout joyeux à notre rencontre. Tu es la marraine de Martin, c'est bientôt son anniversaire et tu m'as chargé de lui choisir un cadeau. J'ai appelé Denis, qui m'a conseillé un ballon de foot. J'ai aussi acheté trois maillots du Paris-Saint-Germain, dont les « hommes » de Marie sont de fervents supporteurs. J'en aurais bien pris un quatrième, que j'aurais enfilé pour l'occasion – rires garantis au Colombier –, mais je me suis abstenu en imaginant ta grimace. C'est peu dire que les jeux de ballon, rond ou ovale, ne te branchent pas.

— Enfin, vous voilà ! On avait peur que vous vous soyez perdus.

Denis et Marie nous accueillent dans l'entrée, vaste foutoir de bottes, de cirés, d'anoraks, de casquettes, de cache-nez. Le chat, Miro – en hommage au peintre –, se glisse entre mes jambes. L'odeur d'une maison, « la maison », emplit ma poitrine.

Comment décrire Marie ? Visage rond, yeux verts, courtes boucles châtains. Plus lumineuse que jolie. Ruisseau d'eau vive dont on entend le fredonnement sans bien savoir d'où il vient.

— Quand Gabrielle et moi sortions ensemble, je n'avais aucune chance, raconte-t-elle avec humour. Elle m'effaçait complètement. Personne ne me remarquait.

— Heureusement pour moi, tremble rétrospectivement Denis.

Les jumeaux et lui ont revêtu leurs maillots de champions. Ils étrenneront le ballon après le déjeuner. Nous prenons un verre devant la cheminée. Tu ne résistes pas longtemps. Tu poses la main sur ton ventre.

— C'est pour mai prochain.

— Comme je suis heureuse, s'écrie Marie.

Elle s'est levée pour nous embrasser tour à tour.

— Vous allez voir, un enfant, ça change tout !

Tu éclates de rire.

— Changer tout ? Mais certainement pas. On est très bien comme ça, merci ! Un enfant, ce sera un plus.

— Un... un plus, quand... quand même important, intervient Denis après avoir respiré profondément.

Lorsqu'il est ému, ou mal à son aise, il lui arrive encore de bégayer. Et, en cet instant, il est bouleversé, lui qui a été abandonné par sa mère et délaissé par son père.

Marie lui tend la main.

— Debout, le cuisinier !

Et à nous :

— C'est Denis qui régale aujourd'hui. Et quand un

chercheur, qui plus est en communication, s'y met, croyez-moi, c'est le top.

Tout en dégustant un méli-mélo de poissons et de crustacés, accompagné de riz au safran, nous avons parlé de l'A 380 auquel j'espérais travailler un jour. Il mobiliserait plus de cinq mille ingénieurs : un projet enthousiasmant.

Comme j'expliquais qu'il devait transporter sept cents passagers, sans compter l'équipage, Marie s'est bouché les oreilles.

— Au secours, c'est trop. Inutile de m'inviter, jamais je n'oserai y monter.

Père et fils ont ri ; eux étaient partants.

— La petite Marie a toujours eu peur du grand, as-tu plaisanté.

— Avec une exception... de taille, a protesté ton amie en désignant ses hommes. D'après le pédiatre, les garçons dépasseront le père.

Elle s'est tournée vers moi.

— J'aurai bientôt l'impression de marcher entre tes chênes, Jean-Charles. Tu me guideras ?

7

La brume s'était dissipée, laissant place à un timide soleil que célébraient les oiseaux. Le repas terminé, Martin a voulu étrenner son cadeau.

— Tu viens ? m'a-t-il proposé.

— Je ne suis pas équipé.

— On t'équipera.

À son âge, je jouais moi aussi au foot avec mon père et des amis. Brigitte s'y associait volontiers.

Ton regard m'a prié de m'abstenir.

— Une autre fois, ai-je promis.

Marie m'a chargé de ranimer le feu, devant lequel elle a servi le café. Miro m'a fait l'honneur d'élire mes genoux pour y faire sa toilette. Tu as désigné les dessins exposés sur la cheminée.

— Les jumeaux ?

Marie a acquiescé.

— J'en profite. Tous les enfants aiment dessiner ; les garçons arrêtent plus tôt que les filles. Les miens me diront bientôt que ce n'est plus de leur âge.

— Pas d'accord, as-tu protesté. Et moi j'ai une offre à te faire : que dirais-tu de te charger des cartons d'invitation de Majordame ? Chaque réception a son thème, de préférence humoristique, tu broderais autour. Résultat garanti !

Tu ne m'avais pas parlé de ton idée. Je l'ai trouvée excellente. Les joues de Marie ont rosi de plaisir.

— Merci d'avoir pensé à moi, Gaby. Travailler ensemble, quel bonheur ce serait ! Mais, si j'ai bien compris, vous avez plusieurs réceptions chaque soir. Je n'y arriverai jamais.

— Tu te chargeras de quelques-unes seulement, pour commencer.

— Même.

— Mais pourquoi ?

— L'école des garçons n'est pas tout près, j'assure les trajets en voiture. Je les reprends dès quatre heures et demie, il y a les leçons. Et, entre-temps, la maison. Tout cela demande beaucoup de temps.

— Pour les enfants, Denis pourrait se charger des trajets. Et, le soir, il y a l'étude, as-tu protesté.

Sans cesser de sourire, Marie a secoué la tête :

— Je regrette...

Ton visage s'est empourpré.

— Alors tu as décidé de t'abrutir toute la vie entre tes quatre murs ?

Le mot, blessant, m'a fait sursauter. Marie s'est tournée vers la fenêtre, regardant la pelouse où couraient ses hommes. On entendait leurs cris de joie. Son regard calme est revenu vers toi.

— Vois-tu, Gaby, quand Denis avait l'âge des garçons, c'était entre les quatre murs d'une pension qu'il grandissait. Il n'a jamais connu le mot « maison ». J'essaie de rattraper un peu les choses.

— En gâchant ton talent ?

— Mais pas du tout, qu'est-ce que tu crois ? Je continue à dessiner. Ils m'aident à progresser. Si tu savais ce qu'ils me rapportent de l'école. Grâce à eux, je reste dans le bain et, crois-moi, ça bouillonne ! Alors, si en plus ça peut les rendre heureux.

— Sainte Marie, priez pour nous !

— Arrête, Gabrielle, suis-je intervenu. Ça suffit.

Tu m'as fusillé du regard. Miro a quitté mes genoux.

— De quoi tu te mêles, Jean-Charles ? C'est entre Marie et moi. Ça ne te concerne pas.

Oh si, cela me concernait ! Ces mots blessants, le ton avec lequel tu les avais prononcés, le pli méprisant de tes lèvres, tout cela me heurtait au plus profond. Ce n'était pas digne de toi. Avais-tu oublié qu'autrefois la maison de Marie avait été ton refuge ?

Elle a éclaté de rire.

— Mais pas sainte du tout, Gaby, au contraire. Je m'offre égoïstement le luxe de voir passer le temps et les saisons sans courir partout comme la plupart. Je dessine, je lis, j'écoute de la musique. Figure-toi qu'il m'arrive de m'allumer un feu pour moi toute seule. Et, au premier rayon de soleil, je bronze sur un transat en regardant pousser mes fleurs.

Elle s'est levée. Et, de la même façon qu'avant le déjeuner elle avait tendu la main à Denis que tu avais heurté sans le vouloir en parlant de notre futur enfant comme d'un simple plus, elle m'a offert un sourire affectueux.

— Jean-Charles, tu ne m'as même pas dit ! Fille ou garçon ?

— La prochaine échographie le montrera, mais les prénoms sont déjà choisis.

Ma colère est retombée. Tu n'avais sans doute pas mesuré la rudesse de tes mots.

— Si c'est une fille, « Ingrid », as-tu annoncé, à nouveau joyeuse.

— La reine Ingrid, bien sûr... Et si c'est un garçon ?

— Antoine, ai-je répondu.

Dans ton regard, Marie, que plus jamais je n'appellerais « petite », sont passées la tendresse, la complicité, et autre chose aussi que je mettrais du temps à nommer : une demande d'indulgence pour ton amie, un message de compréhension pour moi.

— Un Petit Prince ne serait-il pas passé par là ?

J'ai acquiescé. Le fils d'un courageux pilote qui était aussi poète et dessinateur et avait accompagné mon heureuse enfance à moi.

8

La tour, d'un bleu très pâle, dominait la Seine et, plus loin, le tendre moutonnement des arbres de Saint-Germain. Sur sa paroi de verre, on pouvait voir avancer les nuages, imaginer des voiliers.

Elle comptait trente étages, notre appartement était au vingt-septième.

« Ta tour de contrôle », avais-tu remarqué lorsque nous l'avions visitée.

Bien qu'habiter si haut ne m'emballe guère, je n'avais pas discuté ton choix ; tu étais si enthousiaste ! Et ma mère m'avait appris que, dans un couple, c'était à la femme de décider du lieu de vie puisque c'était elle qui y passait le plus de temps. Le montant élevé des charges, dues en majeure partie au gardiennage qui s'exerçait jour et nuit – allées et venues contrôlées sur petit écran –, ne t'avait pas inquiétée.

— Avec Majordame, nous pouvons nous le permettre. Et pense à la sécurité des enfants.

L'ascenseur débouchait directement sur une immense pièce où explosait la lumière : salon-salle à manger, cuisine-bar. Trois chambres et deux salles de bains s'y ajoutaient : cent cinquante mètres carrés.

— Ça nous permettra de voir venir.

Pour le présent, c'était Antoine qui faisait son chemin dans ton ventre.

Les battements sourds de son cœur, lors de la première échographie, avaient chambardé le mien. Lorsque, à la seconde, le radiologue avait annoncé un garçon, tu avais lancé avec défi :

— Qu'importe ! De toute façon, nous irons jusqu'à la fille.

— Alors, au travail monsieur, m'avait encouragé le médecin.

Et nous avions ri.

Antoine serait pourtant le premier avis de turbulence dans la tour de contrôle.

La naissance est prévue mi-mai. Le jour de l'accouchement a été programmé afin que ton absence à Majordame puisse être planifiée. Tu as décidé d'y travailler jusqu'au bout.

Un des « plus » de ta boîte est de passer, Souria ou toi, chez le client avant le début de la réception pour s'assurer que tout est en place et au goût de celui-ci. Estelle, votre nouvelle recrue, te relaiera le temps qu'il faudra.

Autant Souria m'a séduit d'emblée, autant Estelle ne me plaît guère. Certes, avec ses vingt ans, elle vous apporte toute l'énergie, la fougue de sa jeunesse, mais on sent dans son attitude une animosité, presque une rage, qui me met mal à l'aise.

— Elle a eu une sale enfance, m'as-tu appris. Un beau-père aux mains baladeuses et une mère qui faisait semblant de ne rien voir. Classique. Elle ne s'en serait jamais tirée sans l'aide d'une association. Elle milite chez les féministes, tendance hard.

J'entends ton rire, Gabrielle. Féministe, je me targue de l'être devenu à douze ans en voyant Simone Veil retenir ses larmes face aux ricanements et à la haine d'hommes qui n'auraient jamais montré un tel mépris si elle n'avait été femme. Pour la première fois, j'avais vu ma mère en colère. Et pourtant, catholique pratiquante, elle était opposée à l'avortement.

— Regarde-la, m'avait-elle dit. C'est une héroïne. Elle est mille fois supérieure à tous ces machos.

Le mot avait fait tilt.

Toi, c'est en découvrant que George Sand – éprise de Chopin, le grand amour de ta mère – était obligée de se vêtir en homme pour aller et venir à sa guise, et condamnée à prendre un prénom masculin pour publier, que tu avais pris conscience de l'inégalité entre les sexes. Nous avions ri ensemble en songeant que la grande Colette n'avait pas le droit de voter, alors que son jardinier se faisait beau pour aller déposer son bulletin dans l'urne. À l'époque, tu étais encore capable d'humour et, plus d'une fois, nous avons manifesté ensemble contre les flagrantes injustices dont les femmes sont toujours victimes aujourd'hui.

Estelle, elle, avait jeté tous les hommes dans un même sac d'infamie. Est-ce sous son influence que tu es devenue celle à qui j'adresse ces mots trop longtemps retenus ? Ou t'a-t-elle simplement aidée à découvrir la femme que tu étais sans le savoir ?

Avril. La nuit tombe sur les marronniers de Saint-Germain qui dressent leurs courts chandeliers blancs. J'ai ouvert la baie pour tenter de capter les odeurs. Inutile. Elles ne montent pas jusqu'à nous. J'ai du mal à creuser mon trou de chaleur entre ces parois de verre si loin du sol. À la Treille, maman doit faire un dernier tour de jardin, escortée par Sylvain. Voilà longtemps que, là-bas, le dîner est terminé, la vaisselle faite. Nous, nous n'avons pas encore commencé. Tu viens seulement de rentrer.

« Un enfant, ça change tout », a dit Marie. J'imagine le petit garçon qui, bientôt, prendra possession des lieux. Nous y entendrons ses rires. Lorsque, dans sa chambre bleue, il ouvrira les yeux, c'est le ciel qui emplira son regard. Parfois, il pourra y suivre la ligne argentée d'un avion.

Allons ! Grandir au vingt-septième étage d'une tour n'est pas si désastreux. Cela peut même aider à viser haut. Et, pour te faire sentir la bonne terre de tes racines, je t'emmènerai, mon fils, écouter la forêt en compagnie de ton grand-père, voir le ciel du point de vue du chêne. Et, comme moi, enfant, essayant d'entourer le tronc de tes bras, il te semblera étreindre le monde.

— À quoi tu penses ?

Tu es venue à mes côtés. Ton ventre, prodigieusement tendu, m'émeut. C'est nous, là. Je me courbe et l'effleure de mes lèvres.

— Devine. À lui, bien sûr.

— Plus qu'un grand mois, soupires-tu. Le 10 mai. Tu as averti ton bureau ?

Je ris.

— Cela me semble un peu prématuré. Imagine qu'Antoine nous fasse la surprise de débarquer plus tôt ? Ne t'inquiète pas, de toute façon, je serai là.

— J'ai averti ma gynéco que tu assisterais à l'accouchement.

— Ah ça, certainement pas !

Le cri m'a échappé. Tu as un sursaut et t'écartes de moi.

— Certainement pas ? Mais pourquoi, Jean-Charles ? Sache que j'y tiens. J'y tiens beaucoup.

— Voir la femme que j'aime... écartelée, fouillée par un médecin. Tout ça, même si c'est à la mode, tu vois, je préfère m'en dispenser.

Tes yeux étincellent.

— Si je comprends bien, pour toi, ce ne serait qu'une simple mode, d'accompagner la « femme qu'on aime » dans un moment difficile !

— Je n'ai pas voulu dire ça, Gabrielle, tu le sais très bien. Disons tout simplement que je ne préfère pas.

— Ça te dégoûte tant que ça ?

J'essaie de plaisanter.

— À la vérité, ça me ferait plutôt peur.

— C'est bien les hommes !

Tu me tournes le dos et t'éloignes. Je reste incrédule. Pas toi, Gabrielle, pas cette généralisation stupide. J'essaie de me calmer. Ce regard, ce ton méprisant, c'est la première fois.

Bien sûr, depuis trois ans que nous sommes mariés, nous avons eu des accrochages. Mais jamais méchants. Mes matchs de foot à la télévision t'horripilent : comment cela peut-il me plaire de voir des brutes courir durant des heures après un ballon ? J'ai renoncé à te faire accepter que ces « brutes » pouvaient, à l'occasion, montrer beaucoup de finesse.

Ton peu d'entrain à voir mes parents – « Ils n'ont qu'à venir à Paris, on leur offrira l'hôtel » – m'a peiné et me peine encore. Je me suis résigné à aller chez eux sans toi. Ce qui ne te plaît guère : « On a déjà si peu de temps ensemble... »

Plus récemment, au sortir du déjeuner chez Marie, lorsque je t'ai reproché la dureté de tes paroles, tu en as rajouté : « Si elle n'avait pas tout lâché pour ce manqué. »

Manqué ? Pauvre Denis.

Et, jusqu'à ce soir, il n'avait pas été question que j'assiste à ton accouchement. Du moins n'avions-nous pas abordé le sujet.

Au fond du salon, tu raccroches le téléphone. Qui as-tu appelé ? Tu reviens près de moi.

— Alors, tu as réfléchi, Jean-Charles, c'est toujours non ?

Irrité par ton insistance, je vais prononcer très exactement les mots qu'il ne faut pas.

— Dis donc, ce ne serait pas ton amie Estelle qui t'a mis cette idée dans la tête ?

Je ne me trompe pas : tu aboies.

— Parce que j'ai besoin d'Estelle pour avoir mes propres opinions ? Je suis une grande fille, Jean-Charles. Et, tu vois, ce n'était vraiment pas la peine d'appeler ma gynéco en douce pour t'assurer que je ne faisais pas de bêtises.

Je me sens rougir comme un gamin pris en faute. J'ai, en effet, parlé à ta gynécologue il y a quelques jours. Tes coups de pompe m'inquiètent. Est-il raisonnable de ne pas ralentir ton rythme ? Je lui ai suggéré de te conseiller de mettre la pédale douce. Elle a ri : « Ne vous en faites, pas, monsieur. Mère et fils se portent à merveille. »

La salope m'a trahi.

— Je l'ai appelée parce que je t'aime et me fais du souci pour toi.

— Si tu m'aimes tant que ça, tu vaincras ta peur et assisteras au travail. Entre parenthèses, le seul travail que les hommes nous ont toujours laissé bien volontiers.

« Les hommes »... Cette agressivité, Estelle encore ? Ou ai-je voulu ignorer cette facette de toi que je découvre ce soir ? Je ne la supporte pas. Pour en finir, je vais commettre ma première lâcheté.

— Puisque cela semble si important pour toi, c'est d'accord. Mais je ne te promets pas de garder les yeux ouverts.

Sursaut minable d'orgueil blessé.

Ton visage s'est détendu et tu es revenue contre moi : « Merci Jean-Charles. »

« Ma fille n'en a jamais fait qu'à sa tête. La faire changer d'avis tient de l'héroïsme », m'avait averti ton père.

Cependant, le 10 mai, à la date prévue, lorsque la sage-femme a déposé dans mes bras un minuscule garçon qui semblait revendiquer bien fort sa virilité, je t'ai été reconnaissant de m'avoir permis d'accueillir la joie à sa racine.

Antoine a quelques minutes. Tu as vingt-trois ans. J'en ai vingt-huit.

DEUXIÈME PARTIE

Celui-là

9

J'ai trente-deux ans, tu en as vingt-huit, Antoine, cinq et demi, Ingrid a dix-huit mois.

— Mais regardez dans quel état il m'a laissé la douche, celui-là !

Celui-là ? Le coup me pétrifie : coup de couteau dans le cœur. N'exagérons pas : rien que la petite lame du couteau suisse dont, enfant, j'étais si fier.

« Méfie-toi. Mine de rien, elle est traître », m'avait averti mon père en m'apprenant à tailler une badine.

Coup en traître ?

Pas « tu » : « Regarde dans quel état *tu* m'as laissé la douche. »

Ni « Jean-Charles » : « Jean-Charles, dans quel état... »

Tentons d'en rire : l'importun que l'on écarte d'un revers de main. Le fâcheux de la fameuse chanson : « Qu'est-ce qu'il dit, qu'est-ce qu'il fait, qui c'est celui-là ? »

Il est vingt heures quinze. Tu viens de rentrer de Majordame, les cheveux trempés par la pluie. Tu as couru directement vers la salle de bains. J'achevais de faire dîner la reine Ingrid, juchée sur son trône à roulettes, à hauteur de bar : petit pot pomme-banane.

Comme chaque soir, le grand maître ès bourdonnements de l'ascenseur A, A comme Antoine, guettait ton retour, l'oreille collée à la porte, assis sur le tabouret confectionné à son intention par le grand-père des Ardennes. « C'est elle, papa, cette fois, c'est sûr, c'est maman ! » Son visage s'éclairait au fur et à mesure de la montée de la cabine, s'éteignait si notre vingt-septième étage n'était pas honoré, ou s'il était dépassé. Eh non, pas encore maman !

... qui réapparaît, déboutonnant son cardigan, saluée par les battements de mains d'Ingrid.

— Honnêtement, tu aurais pu rincer ! C'est plein de cheveux et de poils.

Devant le regard inquiet d'Antoine, je m'oblige à sourire.

— Honnêtement, « celui-là » s'apprêtait à le faire quand le téléphone a sonné. Après, il a oublié. Quant aux nombreux poils semés dans la douche, « celui-là » ignorait que c'était l'époque de la mue.

J'adresse un clin d'œil à mon fils, qui s'intéresse de près à la toison sur ma poitrine, réclamant la même pour plus tard. Je la lui ai promise : chez les Madelmont – ceux de la montagne –, elle figure dans les gènes. Il fait frisquet, là-haut.

— Arrête, Jean-Charles ! N'essaie pas de mettre Antoine dans ton camp. Depuis quand te douches-tu à sept heures ?

Je montre la baie que gifle la pluie.

— Depuis que nous partageons le camp des frigorifiés. Yasmine a bien voulu rester le temps que je me ravigote un peu.

Yasmine, la nounou, qui me donne, elle, du « monsieur Jean-Charles » chantant, presque maternel. Pas du « monsieur Celui-là ».

— Pardonne-moi, soupires-tu. Mais mon taxi était en retard et, avec cette pluie, ça ne circulait pas. J'ai cru que je n'arriverais jamais.

— Maman ?

Ne parvenant pas à attirer ton attention, Ingrid joue du tambour sur le bar avec sa cuiller.

— Ma reine...

Tu la pêches dans sa chaise, la serre contre toi.

— Mais comme nous sentons bon, ce soir... comme nous sommes belle...

Et même irrésistible avec sa tignasse châtaine et ses yeux bleu intense qui foncent lorsqu'elle se fâche.

C'est une petite fille décidée et autoritaire, contrairement à son frère, doux et timide. Les bagarres pour les jouets sont quotidiennes et se terminent le plus souvent par les pleurs du garçon. Avant-hier, il l'a mordue. Lorsque tu l'as grondé, il a crié : « C'est pas juste. »

Tu remets Ingrid dans mes bras.

— Tu pourras la coucher ?

Et à Antoine :

— Mon fils daignera-t-il partager ma cabine ?

Il galope déjà vers la salle de bains.

Au vingt-septième étage de la tour bleue, les tâches sont justement réparties. C'est moi qui dépose Antoine à l'école, sur le chemin du ministère.

— Bon vol, pilote. À ce soir.

Il quitte l'arrière du cockpit et, bras écartés, cartable-parachute au dos, s'envole. Il est fier que son papa travaille dans les avions.

— Il paraît que vous piloterez bientôt l'A380 ? m'a demandé sa maîtresse.

Toi, Gabrielle, tu ne commences qu'à dix heures à Majordame et attends l'arrivée de la nounou en profitant de ta fille. Premier rentré, je prends le relais, trouvant enfants baignés et dîner prêt. J'ai plaisir à le leur donner.

Les tâches ménagères sont inexistantes grâce à Yasmine, et la cuisine un jeu d'enfant, les repas étant fournis par Majordame. Du haut de gamme, réparti en sachets individuels et réchauffé au micro-ondes.

Chez les Madelmont, on se nourrit à la carte.

Sous la douche, ça rit et ça s'éclabousse. Je dépose Ingrid dans le lit de son palais des mille et un jouets et, toute reine qu'elle soit, lui met sa couche, caressant au passage son ventre rond de ma barbe. Elle se tortille, ravie.

— Ça pique, papa.

J'en rajoute. Puis, après m'être assuré que la cour des peluches est au complet autour de Son Altesse, je vais tirer les rideaux.

La pluie continue de tomber : fermes hallebardes de mars. Tant mieux ! Le sol a soif. Rien de plus douloureux pour le garçon de Saint-Laurent que de voir, à la télévision, un paysan montrer à un journaliste, au creux de sa main, une poignée de terre, une poignée de poussière : « La récolte est fichue, monsieur. Pas assez d'eau. » Cette eau précieuse dont nous remplissons chaque jour plusieurs baignoires.

À propos d'eau précieuse, j'ai senti ma mère blessée par ton refus de faire baptiser nos enfants. Plus que le mariage à l'église, dont tu n'avais pas voulu, sans doute était-il important pour elle qu'ils soient faits enfants de Dieu.

Tu ne nous accompagnes plus à la Treille. Pour les soixante-dix ans de mon père, tu étais la seule à manquer. Comme je te cherchais une excuse, maman m'a arrêté.

— Laisse, mon grand. On est heureux de vous avoir tous les trois.

Brigitte s'est contentée de chercher mon regard ; j'ai détourné les yeux.

— Maman va venir te faire un bisou, ma chérie.

Ingrid lève les mains vers le mobile offert par Marie pour sa naissance.

— Oiseaux...

Une ronde d'oiseaux qui frissonnent au moindre souffle d'air.

Pour Antoine, dont elle est la marraine, un mobile également : les sept planètes du Petit Prince. Combien de temps, de patience et de générosité t'a-t-il fallu pour accomplir une telle merveille, Marie ! J'ai compris que le chef-d'œuvre m'était destiné à moi aussi. Aux moments difficiles, il tourne dans mon cœur.

Dans la cuisine, c'est bien le Petit Prince qui m'attend, ses boucles dorées tombant sur la robe de chambre bleu nuit.

— Ça va, papa ?

Une façon de me demander : « Tu n'es pas triste ? »

Le grand spécialiste des vibrations de l'ascenseur A l'est aussi des turbulences de l'atmosphère familiale.

— Mais très bien. Tu as choisi ton repas ?

Il se laisse glisser du tabouret et va se planter devant la liste des mets, affichée sur la porte du congélateur.

— Tu me lis, s'il te plaît ?

Tandis que j'énumère les plats, ce sont des rires de filles qui explosent cette fois dans la chambre aux oiseaux.

— Un soufflé au fromage et, pour dessert, une glace chocolat-pistache, décide mon fils.

— Pour moi, colin vapeur aux petites purées, réclames-tu en apparaissant vêtue d'un peignoir en soie qui ne cache rien de tes formes.

Tu es restée la même en dépit de tes deux grossesses, et tes cheveux, coiffés plus court, te donnent l'air d'une jeune fille.

Tandis que je sors les commandes et règle le four, tu mets le couvert sur le bar. Là aussi, rien que du haut de gamme qui passe à la machine. J'ai choisi pour ma part un potage Saint-Germain. Le potage revient à la mode, et le traiteur de Majordame réussit le prodige de garder des croûtons croustillants. J'y ajouterai une cuillerée de crème fraîche achetée au marché, samedi.

Il est vingt et une heures, ce mois de mars où la pluie régale la terre. Près de moi, une femme dont la beauté et le talent font l'admiration de tous, et un petit garçon unique au monde. Ne parlons pas de la Reine qui, dans son lit, parle aux oiseaux.

Et « celui-là » oserait se plaindre ?

10

Je me souviens.

Antoine avait dix-huit mois, Ingrid ne s'était pas encore annoncée. Un soir de printemps, le gardien de la tour avait appelé.

— Monsieur Larivière est en bas. Il demande s'il peut monter.

Ce n'était pas la première fois que Hugues se présentait chez nous à l'improviste depuis la naissance de son petit-fils, auquel il vouait – le mot n'est pas trop fort – une véritable adoration : un cadeau du ciel.

Il savait que j'étais toujours heureux de le voir et n'ignorait pas que tu ne rentrais jamais avant huit heures.

Il serait reparti avant ton retour.

« Je ne vais pas obliger ma fille à se mettre en frais pour son vieux père après une longue journée de travail. »

Nous n'allions plus jamais à Neuilly et, plutôt que de recevoir ton père chez nous, tu préférais l'inviter au restaurant. « Après tout, c'est lui qui a commencé ; ça lui faisait peur de partager ton fameux pain en tête à tête avec l'orpheline. »

Il me semblait parfois que tu cherchais à l'effacer de ta vie. Ton souhait, ou plutôt ta volonté, qu'Antoine appelle son grand-père par son prénom n'en témoignait-il pas ? Comme si le mot « père », sous quelque forme que ce soit, était désormais banni de ton langage et de ta vie.

Par une sorte d'accord tacite, j'évitais de te parler de ses visites. Mais, de cette attitude, je souffrais pour lui, qui m'inspirait respect et amitié.

En prévision de sa prochaine retraite, il avait acheté à Nice un vaste appartement donnant sur la mer.

— J'espère bien vous y recevoir souvent, Jean-Charles.

Son espoir d'y rassembler le peu de famille qui lui restait me serrait le cœur.

Lorsqu'il passait à la tour bleue, Hugues Larivière m'interrogeait sur mon travail, ce que tu ne faisais jamais, et semblait s'y intéresser sincèrement. En attendant de « piloter l'A380 », comme l'annoncerait un jour fièrement Antoine à sa maîtresse, je me contentais de m'occuper du Rafale à mon ministère.

Une ombre planait sur notre relation : la phrase que tu avais prononcée en parlant de ta mère : « Il l'a dévorée », je ne parvenais pas à l'oublier. Ce soir-là, où les murmures du printemps dans un ciel guilloché de rose semblaient inciter à la confidence, ton père m'a éclairé un peu.

Il est sept heures lorsque Antoine se précipite dans les bras de son grand-père à sa sortie de l'ascenseur. Notre fils lui rend son adoration. Après m'avoir demandé si je n'y voyais pas d'inconvénient – il ne voudrait pas que je pense qu'il cherche à s'éterniser chez nous –, Hugues a retiré veste et cravate pour jouer avec son petit-fils sur le plancher du salon, aussi touchant et maladroit dans ses gestes que dans ses signes d'affection.

— Je n'ai pas eu la chance de partager les jeux de Gabrielle. À l'époque, les « nouveaux pères » étaient une race inconnue. Mais, vous voyez, Jean-Charles, il n'est jamais trop tard pour apprendre.

Antoine est fatigué. Il suce son doudou, la tête sur l'épaule de son grand-père, à présent assis dans une bergère.

— Ce qu'on appelle une ressemblance est si étrange, remarque Hugues avec émotion. Une brise fugitive soufflant du passé. Ce tout-petit vient d'avoir une expression d'Agnès : un mélange d'interrogation et de timidité. Il faudra être à son écoute, Antoine, c'est un sensible.

Agnès... Il est rare qu'il prononce son nom ; une opportunité à saisir. Si j'hésite encore, c'est de crainte de raviver la souffrance, de mettre mes gros sabots d'Ardennais dans le domaine privé de cet homme si discret. Et si j'y vais, c'est dans l'espoir de mieux te comprendre, Gabrielle.

— Je sais si peu de choses de votre femme, Hugues. J'aimerais que vous m'en parliez.

À présent, c'est lui qui hésite. Dans mon « si peu de choses », qu'y a-t-il ? Que m'as-tu dit de ta mère et de leurs relations ? Hugues se doute-t-il que tu l'accuses de l'avoir dévorée ?

Le grand monsieur qu'il est ne voudrait pas me mettre en porte-à-faux avec toi, me faire douter de tes paroles. Et lorsqu'il se décide à répondre, c'est avec, dans la voix, cette élégante désinvolture, cette légèreté armée, qui tient la douleur en respect : l'humour, bien sûr.

— Cela vous paraîtra sans doute démodé, Jean-Charles, mais, Agnès et moi, nous nous aimions depuis l'enfance. Nos parents étaient amis et nous étions tout le temps fourrés l'un chez l'autre. Agnès me paraissait comme un objet de prix ; pardonnez « l'objet », mais je porte à certains la même attention que votre père aux mots. Le bois dont est fait l'homme est souvent de moindre qualité que ses créations. Elle m'était précieuse, unique. Et si fragile.

— Une bonne pianiste, je crois ?

— Remarquable. Un toucher exceptionnel, la musique au bout des doigts. Elle avait une passion pour les romantiques, Chopin en particulier. Il correspondait à sa langueur d'âme.

L'expression me fait frissonner.

— Sa langueur d'âme ?

— On appelait ainsi autrefois la dépression : « maladie de langueur ».

Le sourire triste de la femme sur le piano, le visage éteint, c'était donc cela : la dépression ?

— Gabrielle m'a dit que sa mère avait songé à entrer au Conservatoire, à faire carrière, ai-je insisté.

— Elle en aurait certainement eu le talent, mais pas la force physique.

Antoine s'est endormi. Hugues est attentif à chacun de ses gestes pour ne pas le réveiller. Le voyant ainsi, fort et protecteur, je pense aux vieux chênes de ma forêt, dont on a l'impression qu'ils protègent les cadets.

— Pour faire carrière, ma femme avait un autre handicap : un mari diplomate, reconnaît-il avec simplicité. Elle a choisi de me suivre et de m'aider.

« Une potiche à son service » ?

— J'ai tenté de me faire pardonner en donnant à la musique une importance particulière partout où nous passions. Agnès n'a jamais cessé de jouer, parfois sur les plus beaux instruments du monde. Il arrivait qu'elle soit la vedette d'une soirée. Alors, croyez-moi, Jean-Charles, il n'y avait pas homme plus heureux ni plus fier que moi.

Son visage, un instant éclairé, s'assombrit. Son regard s'absente. Quelle musique entend-il ? Lorsqu'il reprend, la douleur perce sous la légèreté.

— Je me suis souvent interrogé sur cette fatigue qu'elle semblait éprouver, et cela depuis toujours. Sans doute le foutu cancer qui l'a emportée était-il déjà à l'œuvre. On n'avait pas à l'époque les instruments de détection d'aujourd'hui. On parlait peu de prévention. Lorsqu'il s'est déclaré, nous sommes rentrés en France, dans l'appartement que vous connaissez. Elle a pu passer ses dernières semaines en contemplant les arbres, et les fleurs qu'elle aimait tant. Elle a joué du piano jusqu'au bout.

Dans son sommeil, Antoine a soupiré. Hugues se penche, effleure de ses lèvres la chevelure claire. Ma gorge est nouée : comme s'entend mieux la douleur qui se chuchote. J'imagine aussi celle d'une toute petite blonde.

— Gabrielle avait cinq ans, je crois ?

— Quatre quand les médecins ont condamné sa mère. D'un commun accord, nous avons essayé de la tenir à l'écart des mots définitifs. Mais comment les séparer ? Lorsque tout a été fini, j'ai cherché, comme tant d'hommes, refuge dans le travail. Sans doute n'ai-je pas été un père à la hauteur. J'aurais dû m'en occuper davantage.

Hugues désigne, sur le bar, les reliefs du repas que j'achevais de donner à Antoine lorsque l'interphone avait sonné.

— Si je vous disais que je ne me souviens pas d'avoir nourri ma fille une seule fois.

— Mon père a toujours confié ce soin à ma mère. Et elle s'en charge encore lorsqu'ils ont la chance d'avoir leur petit-fils. Il se promet de lui faire connaître un jour la forêt et ses habitants.

— J'essaierai de lui parler du monde, murmure le diplomate. Ce sera moins gai, mais on s'arrangera.

Il me reste une dernière question à lui poser.

— Hugues, auriez-vous préféré avoir un fils ?

Il rit, tristement, me semble-t-il.

— Mais quelle idée ! Gabrielle nous a comblés, soyez-en certain.

Ton « deux l » revendiqué haut et fort n'était donc pas dû, comme je l'avais imaginé au début de notre rencontre, au regret de n'être pas née garçon, mais l'affirmation d'une femme décidée à ne pas se laisser dévorer.

Hugues Larivière a regardé sa montre : huit heures passées, attention ! À tout autre que lui, j'aurais proposé de rester dîner, j'y ai renoncé, craignant ta réaction. Mais, ce soir-là, je me suis fait le serment d'essayer de vous rapprocher.

— Je peux ? a-t-il demandé.

Le cœur serré, j'ai acquiescé.

Le grand monsieur est allé déposer Antoine dans son lit et, après l'avoir longuement regardé, il m'a serré la main et a filé comme un voleur d'amour.

Et, attendant ton retour, Gabrielle, j'imaginais, dans le beau salon de Neuilly, plein de musique et de bouquets, la petite fille qui voyait peu à peu s'éteindre sa mère au clavier de son piano. J'entendais ces voix qui, après son départ, croyant te consoler, chuchotaient à ton oreille, en toute innocence, en toute inconscience : « Ta maman était une grande pianiste ; elle aurait pu faire carrière... »

Et, ce soir-là, comme je t'aimais. Comme je t'aimais encore.

11

« Es-tu bien sûr, petit frère ? »

Lorsque, à mi-voix, Brigitte avait prononcé ces paroles, je n'étais pas prêt à les entendre. Sinon, rentré à la maison, j'aurais rappelé ma sœur et lui aurais demandé de s'expliquer. J'avais préféré attendre son appel ; celui-ci n'étant pas venu, j'en avais conclu que c'étaient des paroles en l'air.

Il n'y a pas de paroles en l'air. Elles sont les fumées blanches au-dessus de la montagne, annonciatrices de combats à venir. Emporté par la passion, je n'avais pas voulu les voir.

Voici cinq ans que nous sommes mariés. Antoine a trois ans, Ingrid s'annonce. Le bonheur de porter enfin ta fille te rend plus belle encore.

Majordame prospère. Je me plais à mon ministère. On parle de plus en plus du fameux « gros porteur ». Le centre d'essais aéronautiques de Toulouse est souvent cité. Airbus s'apprête à recruter.

Et nous, Gabrielle ? Toi et moi, moi que tu n'as pas encore appelé « celui-là », où en sommes-nous ?

Il m'arrive de me demander si les couples qui nous

entourent et partagent un même toit, un même lit, et ce pain quotidien qui veut tant dire en France, vivent eux aussi sans jamais se poser la question essentielle, celle qui dépasse les bobos inévitables du corps et du cœur : « Comment ça va ? »

Comment vont tes attentes, tes espoirs ? Le chemin que tu suis est-il celui que tu souhaitais ? Lorsque tu ouvres les yeux, le matin, sur une nouvelle journée, de quelle couleur est ton ciel intérieur ? Quelle météo dans tes pensées ? Prononçons le mot ringard que chacun, quoi qu'il prétende, cultive au fond de lui : le bonheur est-il là ?

Comment allez-vous, Gabrielle et Jean-Charles ?

Je me suis fait un ami au bureau. Nous planchons sur les mêmes dossiers en espérant travailler un jour au « géant du ciel ».

Arnaud a, lui aussi, fait l'X et Sup-Aéro. Crâne dégarni, lunettes, tout est rond chez lui. Il se plaît à dire que l'on parle souvent de « bons gros » et jamais de « bons maigres ». Il est profondément gentil.

Sa femme Caroline, licenciée de psychologie, a renoncé pour l'instant à travailler, pour élever leurs trois enfants : deux filles et un garçon, Julien, le petit dernier, qui a l'âge d'Antoine.

Nous sommes allés dîner chez eux un samedi, le seul soir où tes horaires te permettent de sortir. Ils sont venus déjeuner chez nous un dimanche.

Pour une fois, le couvert était mis au salon, sur la table de verre où, le plus souvent, s'accumulent tes dossiers. J'avais revêtu mon tablier de cuisinier. Antoine était ravi d'avoir un copain de son âge.

— Si vous nous rejoigniez en Espagne pour les vacances ? Nous louons en août une maison interminable au bord de la mer, a proposé Arnaud. D'après mes calculs, votre Ingrid sera née depuis trois mois. Gabrielle, tu trouveras là-bas toutes les nounous que tu voudras pour te libérer.

— C'est très gentil, je vais réfléchir, as-tu répondu.

Et, à peine refermée la porte de l'ascenseur :

— Arnaud, ça va, mais Caroline est vraiment plan-plan. Et passer les vacances à bêtifier sur une plage en tartinant les enfants de crème solaire, très peu pour moi.

Je... Moi...

Nous sommes samedi. Avec le Petit Prince, nous œuvrons dur à l'assemblage d'une caravelle. Le commandant – ailes dorées sur sa veste marine – et le pilote en second, moi, sont déjà montés. L'hôtesse de l'air arrivera bientôt. Elle est au programme. Ce matin, nous nous occupons des quatre réacteurs du Lego.

Voilà un bon moment que tu téléphones dans la chambre. Les brèves explosions de ton rire semblent ravir Antoine. Il me lance de fréquents coups d'œil pour s'assurer que je partage sa joie.

Tu apparais, hilare.

— Cette Estelle, elle est vraiment incroyable. Elle ne pense qu'au cul. Comme un mec.

Le mec que je suis se crispe. Ton langage verdit ces derniers temps, mais tu n'étais encore jamais allée jusque-là, ce défi-là.

Un réacteur en suspens dans sa main, Antoine t'interroge du regard. Je me lève.

— Je ne vois pas ce que ça t'apporte de parler comme ça, Gabrielle. Qui plus est devant ton fils.

Tu ris de nouveau.

— Ne te fais pas de souci pour Antoine. Il en entendra bien d'autres à l'école. Et comment voudrais-tu que je dise ? Estelle ne pense qu'à baiser ? Se faire sauter ? À moins que tu n'en sois resté à « faire l'amour » ? Mais Estelle change de partenaire comme de chemise : entre eux, il n'est pas question d'amour mais de sexe.

Prévoyant que la discussion n'en restera pas là, je passe dans la chambre. Tu me suis. Météo de ciel intérieur à l'orage.

L'amour, Gabrielle, c'est cette lumière vive qui subsiste après les roulements de tambour, les éclairs aveuglants de la passion. Le sexe, le plaisir que l'on se donne, y participe en créant la splendide illusion que deux êtres peuvent n'en faire plus qu'un. Alors, la solitude se brise, durant un bref instant, la vie ne fait plus peur, on a rejoint, dans son odeur même, la respiration de la mer.

Cette lumière vive se transforme au fil des ans tout en restant, pour certains, indispensable, comme la veilleuse qui éloigne la mort dans un coin de la chambre d'enfant. Elle peut aussi connaître des baisses de tension.

Je ne suis plus certain d'aimer la femme qui a prononcé le mot « baiser ».

Je la regarde portant fièrement notre fille en avant, et je revois l'étudiante ailée qui, sept années auparavant, s'est détachée de son groupe pour venir vers le jeune homme solitaire.

À cet instant-là, elle va me tendre la main et dire : « Je m'appelle Gabrielle. » Tout se décidera en quelques secondes. Je pourrais me contenter de saisir cette main, ne pas aller au-delà de quelques phrases anodines. Je suis du genre sérieux et prudent. Mais aucune sonnette d'alarme ne retentit, aucun signe annonciateur d'une méprise. Je suis déjà tout entier lié à ton regard d'un bleu si particulier, à ton sourire.

« Moi, c'est Jean-Charles. »

Ce très court film qui a décidé de nos deux vies, auxquelles se sont ajoutées celles d'Antoine et de la future reine Ingrid, je me le repasse, malgré moi, avec une sorte de honte, de plus en plus souvent. Et si je m'étais dérobé ? Cela n'aurait pas été la première fois.

Ce goût amer, cette impression d'avoir été dupé, sans doute est-ce ce qu'on appelle la désillusion.

— Monsieur est choqué ?

— Je ne pense pas que ce soit en adoptant un langage de « mec », que par ailleurs tu réprouvais il n'y a pas si longtemps, que tu feras avancer la cause des femmes.

— Nous y voilà ! triomphes-tu. Tu vas sans doute te plaindre d'Estelle puisque, avec elle, il paraît que le diable est entré à Majordame. Ça t'emmerde à ce point que nous vous empruntions vos mots ?

— Ça m'emmerde de les entendre dans la bouche de mon épouse.

— « Ton » épouse est une grande fille, figure-toi. Elle parle comme ça lui chante.

— Permets que je n'apprécie pas la chanson. Et

crois-tu vraiment que les hommes ne pensent qu'au « cul », comme tu l'as dit si élégamment ?

— Ne me raconte pas qu'au bureau vous évitez le sujet. Ça porte même un nom, venu de vos chers jeux de ballon : « Propos de vestiaire. »

Je désigne les magazines empilés sur la commode.

— Tu n'as pas bonne mémoire. À en croire tes lectures favorites, ces fameux propos de vestiaire seraient davantage le fait des femmes que celui des joueurs de foot. Nous nous contentons de quelques plaisanteries, pas toujours du meilleur goût, je te l'accorde. Vous vous complaisez dans le détail croustillant. N'est-ce pas d'ailleurs ce que tu viens de faire si longuement avec Estelle ?

Touchée ! L'éclair de colère qui passe dans ton regard en témoigne.

— C'est que les hommes ne se montrent pas forcément à la hauteur, tu vois. Vite fait, bien fait, comme ils disent.

Un soupçon me vient. As-tu eu, avec Estelle, à notre sujet, ce genre de conversation ? Et si tel est le cas, que lui as-tu raconté ?

Parlons « ringard ». Certes, tu n'as pas connu le « grand frisson » tout de suite, mais je crois avoir su apprivoiser ton corps. Tu n'es pas de celles qui s'abaisseraient à simuler. Je me souviens d'un visage extasié, de deux yeux noyés de larmes, d'un cri étouffé, et même d'un « mon amour » qui m'a rendu roi.

Femme, tu l'es devenue au plein sens du terme. Tu as même, depuis quelque temps, des audaces qui à la fois me troublent et m'inquiètent. Tu prends les devants, l'initiative de gestes que tu ne peux avoir inventés, que je n'oserais te demander, gestes sans doute inspirés par la lecture de magazines dont le langage, parlant de la sexualité féminine, ne fait guère dans la dentelle.

George Sand, si attachée à sa maison de Nohant, et qui courait après un plaisir qu'elle échouait à éprouver, doit te paraître aujourd'hui bien « plan-plan ». À l'époque, on ne parlait pas encore d'un certain point G.

— Tu viens, papa ? appelle Antoine du salon. J'y arrive pas tout seul.

— Une minute.

Je me tourne vers toi, qui va et vient dans la chambre à la recherche de la réplique cinglante qui me punira d'avoir vu juste et te donnera le dernier mot.

Au nom de l'enfant que tu portes, je vais tenter de ranimer la lumière de l'amour. Mais elle s'éteindra tout à fait lorsque tu lanceras :

— En tout cas, au ministère des Transports, pas difficile de deviner comment vous vous dénommez : tous des gros porteurs, c'est ça ?

Les paroles en l'air annoncent parfois des mots meurtriers.

12

Antoine a six ans, Ingrid, presque trois, il est sept heures et demie en ce froid matin de novembre. À la cuisine, le pilote déguste ses céréales tandis que son second trempe dans son café des tartines de pain bis-confiture-la treille, lorsque le téléphone sonne. Yasmine.

Sa voix est méconnaissable. Elle est désolée, mais ne pourra venir aujourd'hui – la grippe. Sa fille Maéva, qui à l'occasion la remplace, n'est pas libre.

— Ça ira quand même, monsieur Jean-Charles ?

— On se débrouillera. Soignez-vous bien.

J'ai à peine raccroché que tu surgis en courte chemise, cheveux en bataille.

— Quel est l'imbécile qui a le culot d'appeler à une heure pareille ? En plus, il a réveillé Ingrid.

Il est rare que tu éteignes avant minuit et, en général, vous dormez encore toutes les deux lorsque nous nous éclipsons, Antoine et moi, sur la pointe des pieds. Je dis : « Laissons les femmes paresser. » Le Petit Prince adore.

— C'était Yasmine. Elle a la grippe. Sa fille est prise. Qu'est-ce qu'on fait ?

Tu n'hésites pas une seconde.

— Tu restes pour la petite, je me charge d'Antoine. Tu branches la bouilloire pour mon thé, s'il te plaît ?

Tu disparais.

— Alors, c'est maman qui va me conduire à l'école ?

Sans répondre à mon fils, je te rejoins. La douche coule déjà.

— Désolé, Gabrielle, mais je ne peux pas rester. Nous avons une commission importante aujourd'hui. Le directeur sera là.

— On fait comment, alors ?

Tu laisses tomber ta chemise et passes sous l'eau.

— On se relaie. La commission est à dix heures et demie. Je sauterai le déjeuner et serai de retour ici en tout début d'après-midi. Tu seras libre à ce moment-là.

— Non merci pour la liberté conditionnelle. Nous recevons un fournisseur important ce matin.

La colère monte en moi : pas de celles qu'on appelle « bonnes », ou « saines ». Une colère d'impuissance, dirigée autant contre toi que contre moi. Car je sais déjà qui restera dans la tour bleue.

« Cette fille n'en a jamais fait qu'à sa tête... »

On commence par céder pour faire plaisir à celle que l'on aime, on continue pour avoir la paix. Un jour, ça déborde.

Ça déborde.

— Ton fournisseur te paraît donc plus important que mon directeur ?

Tu quittes la douche et ris en t'essuyant.

— « Ton directeur ». Et dis-moi, petite ou grosse commission ? On croirait que tu es encore à l'école,

Jean-Charles. Tu veux que je te fasse un mot d'excuse ?

L'humiliation m'étouffe. À cet instant, je te déteste, Gabrielle. Un bruit furtif dans le couloir m'indique qu'Antoine est là.

Je te tourne le dos et l'entraîne dans la cuisine.

— Finis tes céréales.

J'ai parlé durement. Il baisse la nuque sur son bol. Dans sa chambre, Ingrid ne cesse d'appeler.

« Un enfant, ça change tout. » Quand tu as prononcé ces paroles, Marie, tu pensais au meilleur. Ce matin, c'est pour le pire.

— Ça y est, papa !

Antoine s'essuie la bouche, regarde la pendule et va chercher son cartable. C'est l'heure. Qu'est-ce qui m'empêche de quitter mon tabouret, d'annoncer : « On y va. » Je n'ai que mon manteau à mettre.

Je suis toujours là lorsque tu réapparais, ton blouson de fourrure sur l'épaule.

— Moins sept. Ça caille.

Vengeance minable, je n'ai pas branché la bouilloire. Tu ne t'en apercevras même pas. Tu vas droit au téléphone et tu appelles ta compagnie de taxis : « Six minutes ? OK. »

Le regard d'Antoine m'interroge : a-t-il le droit d'être content d'aller à l'école avec sa maman pour une fois ? Je bredouille un faible sourire.

— On y va, mon chéri ? Tu appelles l'ascenseur ?

Il s'élance. Tu attrapes une pomme.

— J'essaierai de rentrer plus tôt. N'oublie pas le jus de fruits d'Ingrid. Quant à ton ministère, promis, il sera encore debout ce soir.

La cabine est là, Antoine y monte. Avant de le rejoindre, tu te retournes et, d'un geste large, tu montres le salon baigné de la lumière blanc-bleu du jour qui se lève.

— Et ne me dis pas qu'on n'est pas bien ici.

Les battants de la porte se referment.

Le loyer de la tour bleue avale une grand partie de mon salaire. Le tien est plusieurs fois supérieur au mien. Tu viens de me rappeler que c'est toi qui fais tourner la baraque.

13

Ingrid pleurait sous le mobile aux oiseaux. Sa chambre fleurait bon le sommeil et l'innocence. J'ai emporté la tiède alouette dans mes bras et nous sommes allés ouvrir ensemble les rideaux sur l'armée des marronniers nus et glacés.

— Elle dort, maman ?

Me voyant m'occuper d'elle, ma petite fille croyait que c'était dimanche. Je lui ai expliqué que Yaya était malade. Ce serait moi qui la mettrais sur le pot, lui donnerais son biberon et tout et tout, ma reine.

— Malade, Yaya ? Alors le docteur va venir ?

— Dans sa maison, bien sûr.

Elle a pris un air sévère.

— Ça fera pas mal, promis !

Cette voix de dessin animé, prononçant des mots d'adulte, était irrésistible, et une bouffée de tendresse a balayé un moment ma colère.

J'ai préparé le biberon de lait chocolaté et, tandis qu'elle le buvait en circulant sur son camion, j'ai joint Arnaud et je lui ai expliqué la situation. Il a dû sentir quelque chose.

— Ah, les femmes d'affaires ! Ne te fais pas de

souci, J-C, j'avertis la direction. Je te ferai un compte rendu après la commission. À plus tard.

« Petite ou grosse commission. Tu veux un mot d'excuse ? »

Décidément, ça ne passait pas. Pour te donner raison, Gabrielle, j'ai appelé ma maman.

— Je suis à la maison.

— Tu es malade, mon grand ?

Mon ton détaché ne l'a pas plus trompée qu'Arnaud. Elle a tenté de me réconforter.

— J'espère que Yasmine reviendra vite. Et l'année prochaine, Ingrid sera en maternelle. Tu verras, les choses seront plus faciles.

Pourquoi ai-je eu l'impression que ma mère ne croyait pas à ses propres paroles ?

La petite a voulu lui parler ; c'était une fanatique de téléphone, notamment du mobile, qui commençait à se répandre – tu avais été l'une des premières à l'adopter.

Après sa grand-mère, elle a réclamé papy et ils ont conversé longtemps. Je n'ai pas limité la conversation : ils avaient si peu l'occasion de se parler.

Lorsque ton père avait dit : « Cette fille n'en a jamais fait qu'à sa tête », je me souvenais de ma réponse : « Puisque nous avons la même chose en tête, ça tombe bien. »

Plutôt qu'une tour, j'aurais préféré habiter une maison, si possible avec un jardin. Puisque tour tu avais choisie, j'aurais souhaité y avoir une vraie cuisine, avec une table au milieu où poser parfois autre chose que du surgelé, même haut de gamme ; et pourquoi pas un livre, un cahier. Et une porte à cette cuisine, car la tiédeur du bouton que l'enfant tourne pour y entrer demeure au creux de la main de l'homme.

Il m'aurait bien plu d'emmener plus souvent mes loupiots à la Treille et de leur faire découvrir mes coins secrets à champignons, dans la forêt de mon enfance, en compagnie du doux Sylvain. Et d'écouter le tapage des vagues, d'assister à de grandioses couchers de soleil à Nice, où ton père avait acheté un appartement dix fois trop grand pour un seul retraité.

J'aurais aimé passer quelques jours de vacances avec Arnaud, avec Marie, et leur famille. Ou, tout simplement, regarder, sans te voir froncer les sourcils, un match de foot à la télévision en compagnie de mon Petit Prince, en criant un peu trop fort pour se prouver que l'on vit un moment de partage et de fête.

Tout cela au conditionnel passé.

Avions-nous jamais eu la même chose en tête ?

— Tu viens, papa ? On joue ?

Mais nous avions, au présent, deux enfants en commun.

Après le déjeuner, tandis qu'Ingrid faisait la sieste, j'ai lu dans le salon : un roman, le luxe. Parfois, je relevais les yeux. Le ciel était sans tache, le silence, absolu – double vitrage partout –, aucune odeur, aucun bruit dans cette tour – loyer élevé oblige – occupée essentiellement par des couples de cadres sans enfants.

« Et ne me dis pas qu'on n'est pas bien ici. »

Soudain, je me suis senti hors du temps, écarté de la vie. Un vertige m'a saisi.

J'ai décroché le téléphone, mes doigts ont hésité sur

un numéro, le tien, Marie. N'avais-tu pas affirmé : « J'ai le temps de prendre mon temps » ?

Mais, moi, je n'avais aucune fleur à regarder pousser, pas de cheminée où allumer un feu, et soudain l'espoir qui foutait le camp. Si ma main est retombée, c'est arrêtée par un sentiment trouble d'interdit : halte-là, danger.

Arnaud a appelé vers deux heures. La réunion s'était bien passée, rien de transcendant, il me raconterait ça demain. Tu avais raison, Gabrielle, en dépit de l'absence de l'important Jean-Charles Madelmont, le ministère des Transports tenait encore debout.

— On t'a regretté, vieux.

— J'espère bien.

— À demain ?

— Sans faute.

À quatre heures, j'ai installé dans sa poussette la reine des Esquimaudes, emmitouflée jusqu'au nez, pour aller chercher son grand frère à l'école.

Des femmes de tous âges attendaient devant le portail encore fermé : mères, grands-mères, et aussi des nounous et des jeunes filles au pair. Un seul homme, qui se tenait à l'écart, plongé dans le journal du soir. Caché ?

Une nounou colorée s'est penchée sur Ingrid.

— Coucou, la poulette !

La poulette a tendu les bras : un visage connu.

— Vous êtes le papa ?

J'ai acquiescé.

— Yasmine a la grippe.

— Ça ne m'étonne pas. Elle se sentait bizarre hier. Maéva n'est pas venue ?

— Elle n'était pas libre.

Une sonnerie a retenti derrière les murs du bâtiment, le portail s'est ouvert et tout le monde est entré dans la cour.

« C'est l'heure des mamans », disent les enfants.

Ils sont sortis par classes, menés par leurs maîtresses, aucun maître. Il fallait voir s'illuminer leurs visages lorsqu'ils reconnaissaient celle qui était venue les chercher. Me découvrant avec sa sœur, Antoine a eu un cri de bonheur et il a couru dans mes bras. Puis il a regardé autour de lui d'un air faraud : son papa, le pilote.

Des morceaux de baguettes sortaient des cabas. J'avais oublié le goûter. Nous nous sommes rattrapés à la boulangerie voisine.

Yasmine a appelé dans la soirée. Le docteur était venu, c'était bien la grippe, elle était condamnée à rester chez elle jusqu'à lundi. Sa fille était encore prise demain, mais nous pourrions compter sur elle à partir de jeudi.

— Ça ira quand même, monsieur Jean-Charles ?

J'ai ri :

— Il faudra bien.

Demain, quoi qu'il en soit, j'irais au ministère.

Tu es rentrée plus tôt, comme promis. Les enfants avaient pris leur bain. Je m'apprêtais à les faire dîner. Il était tout joyeux, notre fils : son père était allé le prendre à l'école, et voici que l'ascenseur lui ramenait sa maman avant même qu'il ait commencé à faire le guet. Pour lui, une bonne journée !

— Alors ? Yasmine ? as-tu demandé.

— La grippe. Elle en a jusqu'à lundi. Maéva viendra après-demain.

— Et demain, c'est mercredi. Pas d'école, ça tombe bien. Vous pourrez paresser au lit, les garçons.

Le regard d'Antoine a cherché le mien, malicieux. Notre phrase rituelle du matin avant de partir au boulot : « Laissons les femmes paresser. » Comment avais-je pu espérer un seul instant qu'au nom du partage des tâches, auquel tu te disais si attachée, tu proposerais de rester le lendemain ?

Il est tard. Je suis couché. Nous avons opté pour des lits jumeaux rapprochés, sous couette unique faite sur mesure. Tu achèves de prendre ton bain, les enfants dorment au bout du couloir. Je veux crever l'abcès.

Te voici, enveloppée dans une ample serviette. Je reconnais ce sourire : tu as décidé de faire l'amour. Faire l'amour ou baiser ?

Au début de notre mariage, quand tu souhaitais si ardemment être enceinte et que les choses n'allaient pas assez vite à ton gré, lors de tes périodes de fertilité, que tu appelais drôlement tes « jours ouvrables », tu organisais des soirées de charme : souper fin aux chandelles, musique, danse des sept voiles. Je notais ces jours de fête par une étoile sur mon agenda.

Tu vois, c'est seulement aujourd'hui que j'ose te l'avouer.

— Nous mettrons cent ans s'il le faut, mais nous ferons le plus beau bébé du monde, affirmais-je en déployant les épaules pour t'amuser.

Et tu riais.

Tu laisses tomber la serviette et t'approches de moi.

— Si nous parlions, Gabrielle.

Un nuage de déplaisir passe sur ton visage.

— Je t'écoute, Jean-Charles. Dis-moi tout. Ton ministère s'est écroulé ? Comment se fait-il qu'on ne l'ait pas annoncé aux infos ?

Je serre les dents. Je dois absolument rester calme. Toi, tu ne cries jamais. Et tes mots font mouche à chaque fois.

— Désolé, mais j'ai l'intention d'aller travailler demain.

Tu lèves les yeux au ciel.

— Oh non ! Tu ne vas pas recommencer ? J'ai promis aux enfants que tu les emmènerais au Jardin d'acclimatation. Manège à volonté. Ils s'en font une joie.

— Eh bien c'est toi qui les y emmèneras. Leur joie sera encore plus grande.

— Impossible. Je ne voulais pas t'embêter avec ça, mais Souria est malade, elle aussi. Je n'ai plus le choix.

Parce que, ce matin, tu l'avais ?

Avant que j'aie pu reprendre la parole, tu rabats la couette, t'agenouille sur le lit, me bâillonne avec ta bouche, m'emprisonne entre tes jambes. Comme ta main me cherche, une vieille expression me revient : « Réconciliation sur l'oreiller. »

Ce soir, c'est la femme qui la demande.

Mais l'homme n'a rien à lui donner, il a la « migraine », comme on dit, ou, si l'on préfère, une grosse indisposition de cœur.

14

— S'il te plaît, papa, après le Jardin d'acclimatation, est-ce qu'on pourra aller chez le coiffeur ? À l'école, les autres se moquent de moi, ils m'appellent « la fille ».

Le regard d'Antoine supplie. Ses cheveux tombent en boucles légères sur le col de son tee-shirt. Sans doute est-ce ravissant, mais il n'est pas étonnant que cela lui attire les railleries des copains. Ingrid elle-même les porte plus courts.

— Maman dit qu'ils n'ont pas la même nature. Ingrid, c'est du crin, moi, c'est de la soie. Je préfère le crin. Elle dit aussi qu'elle n'a pas le temps. Ça lui fera une surprise.

« Maman » est partie plus tard ce matin. Remords ? Nous avons pris un petit déjeuner en commun à la grande joie des enfants. Et, ce soir, comme hier, promis, elle rentrera plus tôt.

J'ai averti Arnaud que je manquerais un jour de plus. Il n'a pas fait de commentaires.

Pour le coiffeur, je m'interroge : une bonne surprise ? Rien n'est moins certain. Tu n'aimes guère me voir prendre des initiatives concernant la maison ou les enfants, et, connaissant ton perfectionnisme, il n'est pas question que j'emmène Antoine chez le premier Figaro venu, c'est-à-dire le mien, au coin de la rue.

Hier, je me suis interdit d'appeler Marie. Le coup de fil de Souria, pas plus malade que moi, avant ton départ, m'a libéré de tout scrupule. Nous allons prendre conseil de la marraine.

Lorsque je lui explique la raison de ma présence à la maison, elle non plus n'est pas dupe de ma voix légère.

— Mais pourquoi tu ne m'as rien dit, Jean-Charles ? Je me serais débrouillée, au moins pour aujourd'hui. Chaville n'est pas loin. J'aurais pris les enfants.

— Tu te vois avec cinq hommes et une reine ?

— On aurait fait la fête.

Ce rire clair. Ma poitrine s'allège.

Quand je parle des bouclettes à couper, je perçois une hésitation.

— Tu crois que Gaby serait d'accord ?

Pour le savoir, il me suffirait de composer le numéro de ton portable. Si je ne m'y résous pas, c'est que ta réponse ne fait guère de doute pour moi. Ni pour Antoine qui a attendu ton départ pour formuler sa requête. Sa supplique ?

— À la vérité, je n'en suis pas certain, Marie. Mais cela semble important pour Antoine, qui confirme avec de vigoureux hochements de tête tandis qu'Ingrid, accrochée à mes genoux, réclame l'appareil.

— Je comprends, acquiesce Marie. Je vais te donner l'adresse où Gaby emmène Ingrid : un salon pour enfants. Tu demanderas Fred ; un mercredi, tu as intérêt à prendre rendez-vous.

Je note les coordonnées, près de l'Opéra.

— Et toi, Jean-Charles, ça va ?

Un vrai « Ça va » qui me plombe la poitrine. Non, ça ne va pas, Marie. Hier, j'ai été humilié, réduit à l'impuissance par ton amie. Une totale impuissance. Si je me tais, c'est de honte. Et c'est sans doute pour me venger que, à cet instant, je prends ma décision : j'accéderai au désir de mon fils. Quoi qu'il m'en coûte.

— Figure-toi qu'on pensait à vous hier, avec Denis, reprend la voix légère de Marie. On loue un chalet pour Noël dans une petite station sympa. Tu sais que les fêtes tombent un jeudi ? Super-pont en perspective. Pourquoi ne viendriez-vous pas ?

— Je crains que l'époque des fêtes ne soit chargée pour Majordame.

— Tu pourrais précéder Gaby avec les enfants ? Elle nous rejoindrait en TGV. On prévoit de faire le sapin là-bas.

Et me voilà soudain comme mon fils, une grosse boule d'envie au cœur. Et la quasi-certitude qu'elle ne sera pas satisfaite.

— Ce serait formidable. J'en parlerai à Gabrielle.

— Même au dernier moment, même en catastrophe, vous serez les bienvenus.

Pourquoi ces mots « en catastrophe » ? Qu'as-tu deviné, Marie ? Que cherches-tu à me dire ?

Il n'y a pas de mots en l'air.

Je laisse l'appareil à Ingrid, qui le passera à son

frère, et vais plonger dans le ciel, la joie au cœur, la peine au cœur. C'est la tendresse, Marie, la tendresse.

— Qu'est-ce que c'est que ce massacre !

Devant ton visage déformé par la colère, Antoine recule.

Pourtant, avec quelle impatience il t'attendait. Comme il était heureux de la surprise. « En voilà, un beau garçon, s'était exclamé le coiffeur. Ta maman va être fière. »

Tu te tournes vers moi.

— Une idée à toi, Jean-Charles ?

— Une grosse envie d'Antoine. À l'école, on le traite de fille.

— Tu préfères « le para » ?

Antoine a pris ma main. Il la serre fort.

— Je l'ai emmené chez ton coiffeur, Gabrielle. Et c'est Fred qui s'en est occupé. Il paraît que la brosse courte est ce qui se fait actuellement pour les garçons.

— Parce que tu t'occupes de ce qui se fait maintenant ?

Ingrid trottine jusqu'à nous. Elle regarde sa maman qui gronde son papa, et les coins de sa bouche s'affaissent comme dans un triste dessin d'enfant.

— Mais j'y pense ! Le revolver, l'autre jour, ce ne serait pas toi ? Tu avais sans doute l'intention d'y assortir la coupe, ironises-tu.

La semaine dernière, nous avons trouvé un revolver factice dans le cartable d'Antoine. Le jouet est allé directement au vide-ordures : « Pas de ça chez moi ! » Le para a pleuré.

— Tu sais, Gabrielle, il y a pire qu'une arme en

plastique. On peut détruire bien plus sûrement avec des mots, des attitudes.

— Comme c'est bien dit. Ça s'adresse à moi, je suppose ?

Je ne peux retenir ma colère. Je crie.

— Si tu ne m'avais pas obligé à rester au nom de ton sacro-saint Majordame, en me racontant des sornettes au sujet de Souria, nous n'en serions pas à nous bagarrer de cette façon ridicule à propos de la coupe de cheveux de ton fils.

Antoine arrache sa main à la mienne. Comme tu ne réponds pas, je suis ton regard. Tu fixes, incrédule, le pyjama bleu roi du Petit Prince, dont le tissu fonce, et la rigole qui descend le long de sa cuisse et s'écoule sur le plancher.

— Antoine, il fait pipi par terre, constate Ingrid, pas certaine que ce soit drôle.

Son frère pousse un hurlement et quitte le salon.

— Et voilà !

Tu t'élances derrière lui, Ingrid sur tes talons.

Qu'ai-je dit ?

« TON » fils.

Au lieu de le soutenir, je me suis défendu. Je l'ai trahi.

Et je regarde la petite mare sur le plancher. Et je me vois, coincé entre les murs de ce prétendu palais, pris au piège de cette prétendue vie dorée, de ce prétendu couple.

Je ne sais plus qui je suis. Je ne sais plus quoi faire.

Désarmé.

15

— Il y a une chose indéniable : dans tous les domaines, les femmes sont les plus fortes, déclare Arnaud. Ce n'est pas moi qui parle, c'est Dustin Hoffman à propos de son film *Kramer contre Kramer*, tu te souviens ? Le papa poule malgré lui. Tu en as fait l'expérience ces derniers jours : ce que femme veut...

— N'empêche... Cela ne me dispensait pas de défendre mon fils. Il s'est pissé dessus à cause de ma lâcheté.

— Il est plus facile d'être brave face à un ennemi déclaré, un vrai fusil entre les mains, avec la patrie à défendre, plutôt que d'affronter celle qu'autrefois on nommait joliment sa « moitié », surtout si la cause n'est pas claire. Un autre café ?

— Volontiers.

Je laisse Arnaud aller le chercher au bar, suivant des yeux sa silhouette enrobée. Nous achevons de déjeuner à la cafétéria du ministère. Il a suffi qu'il remarque : « Toi, tu n'as pas l'air dans ton assiette », pour que je lui sorte tout le paquet. En omettant ma panne au lit – on garde sa fierté –, la fuite du robinet d'Antoine m'ayant paru suffisante pour illustrer la situation.

Ce matin, lorsque j'ai conduit le pilote à l'école, il n'a pas desserré les dents. Lequel avait le plus honte ? Ah, ils sont beaux, les Madelmont !

— À propos de ton Antoine, reprend Arnaud en revenant avec les tasses et en les posant sur nos plateaux, sais-tu ce qu'affirme Caroline ? C'est plus dur pour les garçons. La petite fille sait d'emblée qui elle est. Elle n'a qu'à regarder sa maman : une FEEEMME... Le petit gars voit tout de suite qu'il n'est pas pareil et, même s'il pavoise avec, son petit truc en plus lui pose un problème. Existentiel. Faute de pouvoir faire des bébés, il va devoir « faire », tout court. Et, pour ça, se détacher de sa mère, assumer sa différence. Caro t'expliquerait ça mieux que moi ; pour elle, c'est évident.

— Et Simone de Beauvoir dans tout ça ?

— La Simone a tout faux. On naît bel et bien femme. On a à devenir homme. Et Dustin a tout vrai : les femmes sont les plus fortes. On en a quotidiennement la preuve chez nous. Au milieu de leurs Barbies, les filles règnent. Et pas seulement à la maison : mon pauvre Julien baisse les bras devant leurs carnets scolaires éblouissants.

Je vide ma tasse de café insipide ; ce n'est pas ce que le ministère nous offre de meilleur.

— Les bras, ça fait longtemps qu'Antoine les a baissés devant Ingrid. Elle ne cesse de l'asticoter. L'autre jour, en désespoir de cause, il l'a mordue.

Arnaud rit.

— En désespoir de cause, effectivement. Faute d'arriver à se faire entendre. Bref, Caroline n'arrête pas de remonter le moral de notre fiston ; en lui apprenant au passage qu'il vaut mieux vaincre autrement qu'avec les poings.

« Notre fiston ».

« Mon grand », disait ma mère. « Va, mon grand. »

« Mes hommes », dit Marie en levant des yeux admiratifs vers ses asperges.

Et merde, Gabrielle.

— Tu te souviens de Francis ? m'interroge Arnaud. Tu ne t'es jamais demandé ce qu'il était devenu ?

Un type brillant, un peu rêveur, beaucoup d'humour. Nous partagions le même bureau.

— Il a pris une année sabbatique, c'est ça ?

— C'est ça. Sauf que son année dure depuis dix-huit mois. Sa femme est avocate d'affaires. Elle partage son temps entre Washington et Paris et gagne beaucoup de dollars. Ils avaient un sérieux problème d'intendance avec leurs gamins. Ils ont trouvé la solution : Francis a changé sa cravate d'ingénieur contre le tablier d'homme au foyer. Je l'ai rencontré l'autre jour au parc, poussant le petit dernier. Il n'avait pas l'air malheureux. Il s'est lancé dans l'écriture d'un livre.

— C'est une invitation à faire de même ?

À nouveau, Arnaud rit.

— Certainement pas. Dans le cas de Francis, la décision a été prise en accord avec sa femme. Comme pour Caro et moi lorsqu'elle a résolu de cesser de travailler. Provisoirement. Quand c'est l'homme qui arrête, ça a un nom : « renversement des rôles ». Il paraît que ça se pratique de plus en plus. Soit parce que monsieur est au chômage, soit parce que madame a des horaires infernaux et des moyens d'assumer l'entretien du ménage.

— Conclusion ?

— Ne compte pas sur moi pour la tirer, j'en serais incapable. Contentons-nous de constater ceci : depuis qu'on ne peut plus boucler nos gonzesses à la maison en leur faisant beaucoup d'enfants, la machine s'est emballée. Elles s'attaquent même à NOS grandes écoles, et le pire est qu'elles y réussissent, parfois mieux que nous. Des siècles qu'on était peinards et, en une poignée d'années, nous voilà tout nus. Où va le monde, monsieur Michu !

Il feint de soupirer, regarde sa montre, se lève.

— En attendant, au charbon, mon vieux. À propos, tu remarqueras que la mine, ou ce qu'il en demeure, nous a été laissée. Jamais entendu parler de « mineures ». Sans jeu de mots, bien entendu.

Mis à part les dorures et le mauvais café, un ministère, c'est des couloirs à n'en plus finir, des cliquetis de machines derrière les portes, des odeurs de papier, des menaces d'amiante. Je ne veux pas le savoir. Je prends tout. Ce ministère, c'est ma mine.

Avant que nous nous remettions à creuser – nos méninges –, Arnaud ajoute avec un peu plus de sérieux, me semble-t-il :

— Pour en terminer avec Francis et le fameux renversement des rôles, on se pose quand même une question avec ma psy maison : et les gamins ? Comment ils vont s'y retrouver dans cette pétaudière ? Papa poule et maman coq. Ce qui n'empêche pas maman coq de pondre. Il nous reste quoi, là ? À attendre le jour où on pourra être enceints ? Pas un mot à Gabrielle, sinon je suis mort.

Et, cette fois, c'est moi qui ris. Si tu savais, Gabrielle, comme ça fait du bien, et du mal, de jouer les machos... en désespoir de cause.

16

Antoine a sept ans et les cheveux courts. Ingrid est une délicieuse petite pie de trois ans aux manières de courtisane. Je les dépose chaque matin à l'école, où une jeune fille les reprend l'après-midi, avant d'attendre mon retour en les occupant ou en les faisant travailler. Le ménage est assuré par une agence. Aucune faille dans l'organisation.

Jusqu'à présent, personne n'est mort au vingt-septième étage de la tour bleue.

Tu m'as appris que Marie t'avait appelée au bureau. Elle voulait nous voir le plus vite possible et avait proposé un déjeuner à l'endroit de ton choix. Elle s'arrangerait.

Tu lui avais donné rendez-vous dès le lendemain, dans un café près de Majordame, où tu avais tes habitudes. Tu étais en pleine réunion de travail, aussi avais-tu abrégé, maintenant tu regrettais, une détresse dans sa voix... La réunion terminée, tu avais essayé de la rappeler, mais elle n'était plus au Colombier, et le portable, bien sûr, la petite Marie ne connaissait pas. Tu te faisais du souci.

— J'ai bien senti que quelque chose clochait. Pourvu que Denis n'ait pas replongé.

— Je ne vois pas ce que tu insinues, Gabrielle. Denis n'a plus de problèmes aujourd'hui. Il est apprécié dans son travail. Sa famille, n'en parlons pas.

— Il n'en reste pas moins un faible. Sinon il n'aurait jamais accepté que Marie sacrifie sa carrière pour lui.

— Il me semble que Marie nous a expliqué qu'elle avait choisi sa vie et que cela n'avait rien d'un sacrifice.

— C'est ce qu'elles disent toujours.

« Elles »... Celles-là... Les femmes à la maison, les mères au foyer, les « plan-plan » comme Caroline ?

Je suis arrivé en avance. Si Marie avait des soucis, je tenais à être là pour l'accueillir. Mais elle était déjà dans le box que tu avais réservé. Elle s'est levée pour m'embrasser.

— Jean-Charles ! J'avais peur que tu ne puisses pas venir. Avec ton ministère.

— Aurais-tu oublié que l'on ne refuse rien au futur pilote de l'A380 ?

Hier, elle aurait éclaté de rire. Elle s'est contentée d'un pauvre sourire. Pas de doute, quelque chose n'allait pas : l'eau de la source vive était troublée, et mon cœur s'est serré.

J'ai pris place en face d'elle, partagé entre le désir de l'interroger tout de suite, de l'aider sans tarder, et le sentiment qu'à juste titre tu me reprocherais de ne pas t'avoir attendue.

L'A380 en a décidé.

— Comment va le pilote, mon filleul ?

— Depuis qu'il a l'âge de raison, il s'est autoproclamé commandant de bord. Il découpe dans la presse tout ce qui a trait à notre futur gros-porteur.

« Gros-porteur »... parviendrais-je jamais à effacer ta méchante plaisanterie, Gabrielle ?

— Sept ans, l'âge de Gaby quand nous nous sommes connues à l'école des Sœurs, à Neuilly, a relevé Marie. C'était une « nouvelle ». La seule orpheline de la classe. Nous nous attendions à des larmes. Pas du tout. Je me souviens encore de son air de défi : « Ne comptez pas sur moi pour pleurer. » Crois-moi, Jean-Charles, quand on a perdu sa mère à cinq ans, il n'y a plus d'âge de raison, seulement celui du désespoir. Et Gaby n'avait que son père, aucune autre famille.

Elle s'est penchée vers moi et, dans son regard, j'ai lu une sorte d'appel, presque un ordre qu'elle se serait donné à elle-même.

— Ne perdons jamais de vue la chance que nous avons eue, que nous avons encore : tout ce monde autour de nous.

Quel message cherchait-elle à faire passer ? Soudain, j'ai eu peur de ce qu'elle s'apprêtait à nous annoncer et que dénonçaient les cernes sous ses yeux, sa voix brouillée. J'ai tenté la légèreté, sans l'art consommé de mon beau-père. Sans son courage ?

— À propos de tout ton monde à toi, Marie, aurai-je un jour l'honneur d'être présenté à tes parents et à tes innombrables frères et sœurs ?

— Pour cela, il faudra que tu viennes à Naves. Et tu auras aussi le privilège de rencontrer notre gloire locale : la vache limousine.

La famille de Marie était corrézienne, le berceau des Colombelles était à Naves, petit bourg près de Tulle. La retraite venue, ses parents s'étaient installés dans la ferme du grand-père, éleveur de la fameuse vache.

— J'attends l'invitation avec impatience, ai-je dit. Et tu sais qu'il y a déjà un point commun entre ton Naves et mon Saint-Laurent.

— Notre chêne, a-t-elle répondu.

Notre.

Soudain, dans ce box de bois brun, quelque chose s'est passé. Pour la première fois depuis tant et tant de jours, il m'a semblé pouvoir m'arrêter : je ne savais pas que j'étais si fatigué, que j'avais eu si froid.

— Pardon, pardon de mon retard : un client ! Il ne voulait plus me lâcher. Mais pourquoi n'avez-vous pas pris l'apéritif ?

Tu te dressais devant nous, les joues colorées, si vivante, attirant tous les regards. Marie s'est levée pour t'embrasser. L'école des Sœurs, la petite sœur. Tu avais une année de plus que les autres filles de la classe, père diplomate, voyages, voyages.

— On commande tout de suite pour être tranquilles ? Le saumon fumé est grandiose. Servi avec blinis, crème et mignardises : un repas complet.

— Je comprends que tes clients ne résistent pas à ta force de conviction, a essayé de plaisanter Marie. C'est O.K. pour moi.

Ce serait donc trois assiettes norvégiennes. Le garçon reparti, tu t'es tournée vers ton amie.

— Alors... Qu'est-ce qui t'arrive, ma chérie ?

Marie a avalé sa salive avec difficulté, en tendant le cou comme une enfant.

— C'est Denis. Il est malade : un cancer.

— Et merde ! t'es-tu exclamée.

Tu as passé ton bras autour de ses épaules.

— Nous sommes là. Nous sommes avec toi.

Lorsque tu as prononcé ces mots, Gabrielle, avec tant de chaleur et de sincérité, lorsque tu as dit « nous », comme Marie avait dit « notre », quelques notes d'une ancienne musique qui m'avait rendu si heureux ont vibré en moi. Et, voyant tes yeux s'embuer durant le récit de ton amie, l'espoir, ce chien, m'a mordu le cœur. Quel espoir ?

Depuis quelque temps, Denis avait mal au dos. Il prenait ça à la légère : c'était un meuble qu'il avait monté à l'étage, le bois coupé pour l'hiver, un tour de reins, un lumbago. Il n'avait consenti à voir un médecin que lorsqu'il avait trop souffert pour conduire. Radios, scanner, IRM...

— Un cancer des os, a conclu Marie. Il n'y a pas grand-chose à faire.

Ton visage s'est empourpré. Tu as eu un cri.

— Attends... Je connais quelqu'un.

Le regard de Marie a croisé le mien, et, cette fois, j'ai compris le message : « Protège-la. Protège ta femme. »

Le cancer inguérissable de Denis allait réveiller la douleur de la petite fille qui avait vu partir sa mère du même mal sans « tout ce monde » autour d'elle. Et, à ma douleur à moi, se mêlait l'incrédulité et l'admiration : dans son malheur, Marie continuait à se préoccuper de toi.

Elle a posé sa main sur ton poignet.

— Denis a vu les meilleurs, Gaby. Il pourrait tout

au plus gagner quelques semaines ; et à quel prix ! Il préfère qu'on lui fiche la paix. Il est rentré à la maison, on va s'arranger pour qu'il y reste jusqu'au bout.

« La maison »... Cette formule magique à laquelle, enfant, Denis n'avait pas eu droit, qu'il venait enfin de trouver. Saloperie de cancer.

Les assiettes norvégiennes étaient devant nous. Accompagnant le saumon, d'un rose très pâle, les mignardises : crevettes, œufs de poissons, tomates-cerises. La bouteille de vodka était prise dans la glace, comme ma poitrine. Le serveur a versé l'alcool dans les verres de poupée. En un geste de conjuration, tu as vidé le tien d'un trait avant de le lui tendre pour qu'il te serve de nouveau.

— Et les garçons ? ai-je demandé.

Marie a eu un sourire de fierté.

— Denis a tenu à les avertir lui-même. Il leur a dit : « On va profiter à fond du temps qui nous reste à passer ensemble. Forts comme vous êtes, je compte sur vous pour m'aider. »

« Forts comme vous êtes »... À quinze ans. Les larmes ont piqué mon nez. « Allez, les Colombelles ! Allez, les grands ! »

Nous avons entamé notre repas. Les blinis étaient tièdes et onctueux, le saumon, tendre comme sa couleur. La salle s'était remplie de figurants à cravate qui parlaient de leur travail, de leur carrière, de leur avenir, avec parfois des éclats de rire, sans savoir qu'à notre table la mort s'était invitée, celle d'un grand échalas qui regardait sa femme avec les yeux du ravi de la crèche et qui allait rejoindre ce bon Dieu auquel

Marie croyait, auquel je n'étais plus certain d'avoir envie de croire.

Tu t'es éclairci la voix.

— Pardonne-moi d'aborder le sujet, Marie, mais si tu as besoin d'un coup de main financier. On est là.

Ce n'était ni le moment ni l'endroit. J'ai cherché ton regard pour te le signifier, j'oublie toujours que Marie te connaît par cœur, ou plutôt avec le cœur : elle avait dû prévoir la question. Elle n'a pas hésité.

— Aucun souci de ce côté-là. Le père de Denis lui a laissé tout plein de sous.

Elle s'est tournée vers moi.

— C'est de toi dont nous allons avoir besoin, Jean-Charles. Denis t'aime beaucoup, tu sais. Si tu pouvais passer de temps en temps chez nous. Je crois que tu joues aux échecs ? Il est très fort et très mauvais joueur, il se fera un plaisir de te battre.

— Je viendrai dès samedi, ai-je promis. Et ne crois pas que je me laisserai faire.

— Et moi, on me tient à l'écart ? as-tu protesté.

— Toi, tu as tant à faire, Gaby, a répondu Marie. Et je crains que ce ne soit un choc pour les enfants. Denis a beaucoup maigri. Il ne quitte plus guère son lit. Je préférerais qu'ils gardent une belle image de lui ; par exemple celle du footballeur passionné.

Ce que tu pensais de Denis, Marie ne pouvait l'ignorer. Et pas davantage que ses footballeurs n'étaient pas les fréquentations que tu souhaitais pour tes enfants. Prononçant ces paroles, elle te demandait de respecter son homme et, à la fois, te libérait d'un devoir d'amitié qui pourrait, un jour, t'apparaître trop lourd.

Plus tard, au moment de payer, je me suis emparé d'autorité de la note. Tu as protesté ; c'était toi qui avais choisi l'endroit, c'était ton territoire.

Je n'ai pas cédé. Je ne sais pourquoi, mais on m'aurait tué plutôt que de m'empêcher d'offrir ce repas à Marie. Vieux réflexe de mâle nourricier et protecteur d'antan, aurait plaisanté Arnaud.

Ou plutôt ce sentiment qu'un instant, dans ce box pas même en bois de chêne, nous avions partagé, Marie et moi, un pays, un rivage, un territoire communs.

17

Nous avons dit adieu à Denis six semaines plus tard à Naves, aux portes de l'été, en l'église Saint-Pierre-ès-Liens, le saint détenteur des clés du paradis.

Les travées étaient pleines, et, voyant se tourner les têtes à l'entrée du cercueil de merisier, porté par tes fils et tes frères, je me suis souvenu de tes paroles, Marie : « Tout ce monde autour de nous. »

Il y avait là les Corréziens, ceux de ta famille, mais aussi les éleveurs du pays vert, ainsi qu'on appelle chez toi les propriétaires de la belle vache limousine, dont faisait partie ton grand-père.

Du côté de Denis, qui, lui, n'avait plus personne et aucun ami d'enfance, seuls quelques collègues de travail s'étaient déplacés. J'avais tenu à ce qu'Antoine nous accompagne. Ingrid était invitée pour le week-end. Elle, des amies, elle en avait à revendre.

Les mots du curé auraient pu s'adresser à mes parents. Il a rappelé que, chez les Colombelles, il y avait toujours une assiettée de soupe pour celui qui passait. Et, de Denis, qu'il était assoiffé d'amour, comme nous tous, et que tu avais su, Marie, découvrir les trésors cachés qu'il portait en lui.

Le trésor éclatant que renfermait cette église modeste, à la façade dépouillée, nul passant sur la route n'aurait pu le soupçonner. Derrière l'autel, un monumental retable de bois sculpté du XVIIe siècle, relatant divers épisodes de la vie du saint.

Saint Pierre marchant sur les eaux : « N'aie pas peur », lui dit le Christ.

Saint Pierre et la pêche miraculeuse : « Les enfants, avez-vous du poisson ? » demande Jésus devant les filets vides.

Saint Pierre guérissant le paralytique : « Lève-toi et fais toi-même ton lit. »

Due à deux frères sculpteurs, l'œuvre flamboyante, taillée dans le chêne et le noyer, était à la fois une affirmation et un cri. Colonnes et colonnettes torsadées, revêtues de feuillage, semblaient monter des profondeurs de la terre, aspirer à l'infini du Ciel. Elle témoignait de la souffrance des hommes et de leur espoir à trouver, là-haut, lumière et consolation.

Après la messe, la petite foule a marché jusqu'au cimetière où les Colombelles possédaient une concession. Le grand-père éleveur y avait été enterré quelques semaines auparavant. L'ancien et le cadet étaient réunis dans les pensées et dans les larmes. Jusqu'au bout, Marie, tu auras offert une famille à l'enfant orphelin : Denis est parti entouré, son cercueil recouvert des fleurs de son jardin.

Le déjeuner a eu lieu à la ferme, un long bâtiment de pierre et d'ardoise tourné vers le soleil, que se partageaient autrefois maître et troupeau, m'a raconté ton père.

Je me suis tout de suite senti bien avec lui. Quarante années de ville n'avaient pas entamé l'homme de la terre. On le reconnaissait à une façon de se tenir solidement planté sur le sol, de croiser les bras haut sur la poitrine et de consulter le ciel à tout bout de champ. Tous bouts de champs.

Ta mère avait comme la mienne la patience au fond du regard.

Il faisait très chaud, et les convives ont tombé la veste avant de s'asseoir à la table nappée de blanc où la vieille femme avait disposé la vaisselle de fête.

Tu semblais petite, Marie, entre tes deux géants aux yeux rougis, au regard fier. Tu étais si grande.

Durant le repas, l'un de tes frères m'a parlé de votre fameuse Limousine, m'expliquant que, entre toutes les vaches, elle était la plus maternelle, celle qui accompagnait et protégeait son veau le plus longtemps.

— On affirme que c'est la raison pour laquelle sa viande est si tendre, a-t-il conclu.

Mon tendre Antoine avait très vite rejoint dans la cour la tripotée d'enfants Colombelles, ainsi que d'autres. Par la fente des volets clos, on pouvait entendre leurs cris et leurs rires. C'était bien, que notre fils ait rencontré la mort autrement que dans ses BD ou à la télévision, qu'il ait participé à la douleur et partage à présent le retour à la vie.

Avant de reprendre la route, on m'a emmené faire quelques pas dans la campagne environnante.

L'eau était partout : étangs, rivières, ruisseaux et ruisselets. J'ai compris d'où venait ta chanson et, à l'idée de quitter cette paix et cette lumière, ma poitrine se déchirait.

Nous roulons vers Paris dans la nuit qui tombe. J'ai pris le volant. Antoine dort à l'arrière. Les yeux mi-clos, tu te reposes. Je te suis reconnaissant de ne pas parler. La vie, l'amour, la mort, il n'y a rien à ajouter.

De la main, tu repousses tes cheveux collés à ton front par la chaleur, c'est alors que je remarque que tu ne portes pas ta bague de fiançailles, celle de ma grand-mère vigneronne, trouvée dans ta serviette à la Treille, il y a de cela dix ans.

Dix ans, noces d'étain : le métal qui, allié au cuivre, donne le bronze.

Tu l'as remplacée par une bague fantaisie.

Instinctivement, j'ai appuyé sur la pédale de frein.

— Qu'est-ce qui t'arrive ? demandes-tu.

— Rien. J'ai cru voir quelqu'un...

Le vertige éprouvé devant les aiguilles arrêtées de la pendule à Neuilly m'emplit à nouveau.

QUAND ?

Quand as-tu cessé de porter la bague des « promis », comme on dit à la campagne.

Depuis quel soir, quelle nuit, n'ai-je pas entendu son bref tintement, quand, avant d'éteindre, tu la posais sur ta table de chevet.

Deuil pour deuil, le diamant serti de rubis de nos amours a-t-il rejoint, dans ton coffre à la banque, les bijoux de ta mère ?

TROISIÈME PARTIE

L'autre

18

Le pilote vole vers ses onze ans. La reine Ingrid en a sept. Tu n'en reviens pas d'en avoir trente-six. Dans quelques mois, je changerai de dizaine. Le monde vient de fêter en grande pompe son entrée dans un nouveau siècle.

Nous séjournons, cette première quinzaine d'août, à Nice, dans l'appartement de ton père, au-dessus du port. Un appartement de rêve, avec terrasse fleurie sur la mer, quatre chambres et autant de salles de bains.

Ce n'est pas le hasard qui nous a conduits ici. Majordame intéresse l'Italie. Tu projettes d'y recevoir tes futurs partenaires, Vittorio et Luigi Agliano, père et fils.

En nous accueillant, Hugues cachait mal son bonheur de voir se poser enfin, pour plus de vingt-quatre heures, sa famille chez lui. Jusque-là, en effet, nous n'avions fait que passer sur le chemin de voyages plus lointains. Il se fait le plus discret possible dans l'espoir que nous nous y plairons et reviendrons. Tu as tous les pouvoirs quant à la direction de la maison.

En quelques jours, les enfants sont devenus brugnon. Ils sont constamment dans l'eau... quand ce n'est pas dans les airs. Leur grand-père leur offre des cours de parachute ascensionnel. Équipé de son harnais, Antoine vole déjà tout seul, tiré par un hors-bord. Ingrid décolle avec un moniteur.

Tu nous rejoins pour déjeuner d'une salade au bord de la mer. Le soir, c'est barbecue à la maison. Tout s'est déroulé jusque-là harmonieusement.

Jusque-là.

Il est six heures et nous remontons de la plage. Antoine est coiffé du chapeau de cow-boy de Hugues. Ingrid arbore une délicieuse moustache framboise-chocolat, reliquat d'un double cornet de glace. Lorsque nous poussons la porte de l'appartement, nous entendons ta voix appliquée sur la terrasse : « *Io sono felice* »... « *Faciamo une festa* »... Tu travailles ton italien à l'aide de livres et de cassettes. Tu as décidé de te débrouiller dans cette langue avant la fin des vacances ; nul ne doute que tu y parviendras.

Tout excité, Antoine court te rejoindre.

— Maman... maman... grand-père a promis de nous emmener au cirque demain. Tu veux bien ?

Un petit silence, puis ta voix, faussement étonnée.

— « Grand-père » ? Il y a donc un cirque à Saint-Laurent ?

— Mais non, grand-père Hugues, rigole Ingrid qui a suivi son frère.

Dans le salon, Hugues s'est figé. Je prie pour que les choses en restent là. Sans grand espoir : depuis quelque temps, Antoine se rebelle, autant contre toi que contre moi.

— Pourquoi tu veux pas qu'on l'appelle « grand-père » ? râle-t-il. Ou papy, comme les autres.

— Mais tout simplement parce que vous n'êtes pas « les autres », mon trésor. Et puis c'est ainsi !

— N'empêche que c'est pas cool.

Le petit fait demi-tour et vient saisir la main de Hugues, le fixant d'un air résolu, revendiquant son « grand-père ».

Te voici avec Ingrid. Short et soutien-gorge de maillot de bain. Tu regardes notre petit groupe, sourcils relevés.

— Fort Alamo ?

Et à Hugues, glacée :

— Pour le cirque, ce n'est pas une mauvaise idée. Il m'arrivait d'en rêver à leur âge.

Nous nous y rendrons sans toi. Et, le jour suivant, ton père recevra l'appel d'amis américains de passage à Paris, désireux de le voir. Il regrettera de devoir nous quitter plus tôt que prévu. D'autant qu'il n'est pas certain de pouvoir revenir avant notre départ. Sa cave est à la disposition de l'Italie.

— C'est dégueulasse, râle Antoine, le chapeau de cow-boy sur la tête, sous le parasol où nous ne louons plus désormais que trois matelas. C'est pas à cause des Américains qu'il est parti, Hugues, c'est à cause de maman. Pourquoi elle l'aime pas ?

— Attends ! Tu vas un peu loin, là. On peut ne pas être du même avis et s'aimer quand même.

— Moi, je trouve ça con, qu'elle m'interdise de l'appeler grand-père.

— Et moi, je trouve ça super-con qu'il soit parti, en rajoute Ingrid, étonnée et ravie que je ne reprenne pas le langage de son frère. En plus, il nous payait des glaces tout le temps. Je vais lui faire un dessin, tu pourras mettre l'adresse, papa ?

— Nous irons même poster la lettre ensemble, ma chérie. Je suis sûr qu'elle lui fera grand plaisir.

— Et on le dira pas à maman, conclut-elle avec des mines de comploteuse.

Qu'a-t-elle compris ?

À ton âge, ma petite fille, la maman de ta mère était morte depuis quatre ans. Celle-ci n'avait pas de frère, comme toi. Rien qu'un papa qui se consolait en travaillant beaucoup et la laissait aux soins d'une gouvernante. Il ne pensait jamais à l'emmener au cirque ni à lui offrir des glaces.

Il y a quelques années, je m'étais promis de rapprocher Hugues et ta mère. À chaque tentative, je me suis heurté à un mur.

Que s'est-il passé dans son cœur de fillette pour qu'elle fasse porter à son père la responsabilité de la mort d'Agnès au regard si triste ? Sans doute était-il moins insoutenable d'en accuser quelqu'un de bien vivant, de « trop » vivant, contre lequel on pouvait crier et se révolter, plutôt qu'un mal ignoble qui frappe aveuglément ; une façon d'échapper elle-même à la mort ?

J'ai compris, ma chérie, que demander à ta maman de refaire le chemin en arrière était impossible. Gabrielle avec deux l s'est construite sur un mensonge qui lui a permis de vivre. Il fallait que le cancer prenne le nom de ton grand-père.

Et, comme Antoine et toi, lorsque je vois cet homme digne, plein d'amour et de regret, je me dis que c'est vraiment trop con.

19

À ta demande, nous avons acheté des crevettes vivantes pour l'apéritif du soir, au retour de la plage. Elles frétillent dans le petit sac qu'Ingrid tient à bout de doigts avec un mélange de fascination et de répulsion.

— Est-ce qu'elles auront mal quand on les jettera dans l'eau bouillante ? s'inquiète-t-elle.

— Tout au plus quelques secondes.

— Alors j'en mangerai pas.

Antoine rigole.

— Et le poulet ? Tu crois qu'il a pas mal quand on lui tord le cou ? Et le bœuf ? T'en manges pas, du bœuf ? Tu le préfères même en tartare, tout cru.

— C'est pas pareil, eux, je les tue pas moi-même, tranche Ingrid en refilant le sac à son frère d'un air dégoûté.

J'ai pris pour toi un bouquet de petites roses de toutes les couleurs.

— Ça va faire une surprise à maman, se réjouit Ingrid. Est-ce que je pourrai les lui donner ?

Comme nous entrons sur la pointe des pieds, ta voix résonne dans la cuisine. Tu rouspètes.

— Mais qu'est-ce qu'il fout, l'autre, avec les crevettes ? Il est presque sept heures.

L'AUTRE.

Il y a un gros sac de voyage dans l'entrée.

Ingrid s'élance avec le bouquet.

— Estelle ! s'exclame-t-elle.

Le regard d'Antoine cherche le mien. Il se doute que cette surprise-là n'est pas bonne.

Tu apparais avec les fleurs, suivie d'Estelle. La jeune fille bouillonnante et brusque des débuts de Majordame est devenue une femme épanouie, vêtue et coiffée d'une façon ébouriffante qui lui va plutôt bien. Elle me tend ses joues, embrasse Antoine.

— Salut, les garçons !

— Estelle se baladait dans le secteur, expliques-tu. Je l'ai invitée à passer quelques jours avec nous puisqu'on a une chambre libre. Merci pour les fleurs, elles tombent bien ; figure-toi que nos Italiens viennent dîner après-demain. Antoine, les crevettes, s'il te plaît. L'eau bout depuis cent sept ans.

Nous entrons dans la cuisine. Sur la table, deux verres, une bouteille de vin blanc, des olives. Vous avez pris de l'avance. À propos des « cent sept ans », je ne crois pas une seconde que c'est le hasard qui a mené Estelle ici, vingt-quatre heures après le départ de ton père.

Lorsque tu ouvres le sac de crevettes au-dessus de l'eau bouillante, Ingrid se bouche les oreilles : au cas où elles crieraient ?

— Je te sers un verre, Jean-Charles ?

— Tout à l'heure, merci. Je vais d'abord prendre une douche.

Notre salle de bains est vaste, baignoire et cabine séparées, miroirs en quantité, carrelage champagne. Je me dévêts lentement, ou plutôt je regarde l'« autre » le faire avec des gestes d'automate.

Est-ce que je souffre ?

Ce n'est pas la douleur aigüe, le coup de couteau dans la poitrine, ressenti lorsque tu m'avais appelé « celui-là ». C'est plus sombre, plus accablant et définitif : le coup de grâce ? L'autre... Celui qui n'est pas moi, plus moi. Verdict prononcé devant témoin : circonstance aggravante.

L'« autre » entre dans la cabine, active la manette, pisse volontairement sous le jet. Pitoyable sursaut d'orgueil masculin ? Il paraît que certaines féministes radicales demandent à ce que les hommes urinent assis, comme les femmes. Se tenir debout serait une attitude violente, dominatrice. En Suède, on l'enseignerait aux petits garçons.

— Je peux entrer, papa ?

Antoine frappe à la porte vitrée.

— Bien sûr.

Je me pousse sur le côté pour lui faire place sous l'eau et me savonne. Il a gardé son slip de bain. On distingue, sur ses omoplates, la marque plus claire du harnais de son parachute ascensionnel.

— Est-ce que vous allez divorcer ?

Le voilà, le coup de couteau. Dans la cuisine tintent des rires ensoleillés de filles.

— Mais quelle idée, mon chéri ? Pourquoi me demandes-tu ça ?

— Les parents de Malo vont divorcer. Il va changer d'école. On ne se verra plus.

Son meilleur copain.

— Et qu'est-ce que les parents de Malo ont à faire avec nous ?

Il se retourne. L'eau fonce ses cheveux, noie son visage ; s'il pleurait, je ne le verrais pas.

— Ils arrêtent pas de se bagarrer.

— Parce que je me bagarre avec ta maman, moi ?

— Tu le dis pas, mais t'es jamais d'accord. Comme pour Hugues. Comme pour Estelle. C'est dégueulasse qu'elle prenne sa chambre. Je la déteste.

Il quitte la cabine sans se laver. Il y est venu uniquement pour lancer sa grenade. C'est comme ça, les enfants. Ça choisit des endroits impossibles, des moments improbables pour vous sortir ce qu'ils ont sur le cœur ; et parfois faire exploser le vôtre.

Je me rince en vitesse, coupe la douche et le rejoins sur le carrelage champagne. Debout face aux miroirs, il regarde ses presque douze ans sous toutes leurs coutures. Mon parachutiste aux épaules étroites, au corps encore lisse, s'apprête à atterrir sur la planète Ado. Bientôt, il lui poussera le duvet Madelmont, son pénis s'allongera. Sans doute cela a-t-il commencé puisque désormais nous n'avons plus le droit de le voir nu et qu'il engueule Ingrid lorsqu'elle entre sans frapper dans sa chambre.

Quand un médecin est venu à leur école leur parler du sida, j'ai pensé : « Déjà ! » Réveille-toi, Jean-Charles. Il serait temps que tu aies avec ton fils une conversation « entre hommes » sur la sexualité. Responsabilité, respect, amour. Il a besoin d'encouragements, de confiance, pour accepter la mue et confirmer sa différence, dirait ma sœur. Pour assumer son petit quelque chose en plus, rigolerait Arnaud. « En trop », semblent penser celles qui veulent obliger les garçons à pisser assis comme les filles. Les connes.

« Moi, je vole seul », crâne-t-il face à Ingrid, furieuse d'être condamnée à être accompagnée d'un moniteur en raison de son âge.

Les épaules ployées, parachute en torche, à présent, il se sèche. Je pose la main sur l'aileron.

— Tu sais, Antoine, ça ne me fait pas plus plaisir qu'à toi de voir Estelle occuper la chambre de ton grand-père. Mais ça ne me paraît pas être une raison suffisante pour divorcer.

Il se dégage d'un mouvement brusque et me regarde cette fois dans les yeux.

— Et pourquoi ? Puisque, de toute façon, vous vous aimez plus.

20

Vittorio Agliano, industriel prospère, avait découvert Majordame lors d'un séjour chez des amis, à Paris. L'excellence et l'élégance de la formule avaient conquis l'Italien. L'idée d'implanter la société à Milan lui était venue. Son fils Luigi, frais émoulu d'une bonne école de commerce, en prendrait la direction. Le nom serait conservé.

Tous deux étaient charmants, gais et enthousiastes. À côté de leur gerbe de glaïeuls, mon bouquet de roses faisait piètre mine.

— Moi, je trouve tes fleurs bien plus jolies, papa, m'avait soufflé l'adorable Ingrid.

Estelle avait, elle aussi, un invité. Il était arrivé la veille du dîner. Il avait vingt-deux ans et se surnommait Rodrigue. Il avait la beauté du héros de Corneille ; s'y ajoutait la gentillesse ; lui manquait la conversation.

— Il nous aidera pour la préparation du repas, à commencer par les homards. À moins que tu ne veuilles t'en charger, Jean-Charles, avait blagué Estelle. Tu sais qu'ils ont davantage de goût quand on les coupe vivants.

Où l'avait-elle pêché, celui-ci ? Autrefois, on l'aurait qualifié de gigolo ; elle préférait l'appeler son « escort boy ». Elle utilisait ses services à Paris quand elle souhaitait être accompagnée lors de fêtes ou de réceptions. Entre autres qualités, il faisait un excellent chauffeur. C'était lui qui l'avait descendue dans sa voiture de sport.

— Il paraît qu'au lit il se débrouille pas mal non plus, avais-tu plaisanté. Et comme Estelle ne veut pas s'engager, elle l'a engagé...

Lorsqu'il avait posé son sac dans la chambre de Hugues, j'avais protesté.

— C'est moi qui le lui ai proposé. On n'allait quand même pas le laisser à l'hôtel.

— Je ne suis pas certain que ton père apprécierait. Et as-tu pensé aux enfants ?

— Je leur ai dit que c'était son fiancé.

— Un fiancé de dix ans plus jeune qu'elle. Tu crois vraiment qu'Antoine a gobé ça ? C'est tout simplement un prostitué, Gabrielle.

— Il serait ravi de t'entendre. Et les vieux messieurs s'offrent bien des jeunesses, alors pourquoi pas les femmes ?

— Je croyais que tu étais contre monnayer son corps.

— C'est un choix de Rodrigue. Il adore son boulot. Lui, n'a rien d'une victime.

— Nombre de filles font le même choix et vous ne vous privez pas de les condamner. Y aurait-il deux poids deux mesures ? Homme objet, oui. Femme objet, pouah ?

Ton rire.

— Tout de suite les grands mots. « Ô rage, ô désespoir ! » Tu ne comprends décidément rien, mon pauvre Jean-Charles.

Je m'en étais tenu là. Lâche ? Que pouvais-je faire ? Mettre Rodrigue à la porte ? Mis à part qu'il était réellement gentil, vous m'en auriez empêché. Claquer, moi, cette porte ? Et les enfants ?

Vêtu d'un tablier de poissonnier, l'escort boy a coupé les homards vivants : pinces d'un coup sec, queue en tronçons, tandis qu'Ingrid, réfugiée dans sa chambre, poussait la musique au maximum pour ne pas entendre le bruit du sacrifice et qu'Antoine, mâchoires crispées, y assistait en espérant se prouver ainsi qu'il était un homme.

Le dîner, pris sur la terrasse, a été un succès. Souria a appelé du Maroc et dit un mot à chacun. Elle, j'aurais été heureux qu'elle soit là. Son langage était toujours de tolérance.

Rodrigue a servi le vin monté de la cave. Je me suis senti mesquin en comptant les nombreux verres qu'il vidait. Il pouvait adorer son boulot ! Tu avais décidé qu'on ne parlerait qu'italien afin de mettre tes cours en pratique. Ne connaissant pas la langue, il n'a montré que son sourire.

Dans un style totalement différent, vous étiez, Estelle et toi, toutes les deux belles et désirables. Tu avais finement natté tes cheveux, encore blondis par le soleil, et avec ton teint pêche, dans ta robe vert d'eau, on ne savait plus de quelle couleur étaient tes yeux. Surprenant le regard de Vittorio sur toi, je me suis demandé si, durant ces treize années de mariage, tu m'avais trompé ? Je m'étais déjà posé la question dans des flambées de jalousie. Et m'étais rassuré en me disant que je l'aurais su. Tricher, comme simuler, t'était totalement étranger. Et puis où en aurais-tu trouvé le temps ?

Moi, je t'étais resté fidèle. Ces préservatifs dont on criait partout la nécessité, et que depuis notre rencontre je n'avais jamais eu à utiliser, restaient à mes yeux comme une marque de confiance que nous nous offrions mutuellement.

Le soir des Italiens, les enfants avaient une boum chez des amis, avec, exceptionnellement, permission de minuit. Après le dîner, Estelle a proposé de faire un tour en boîte avant d'aller les chercher. Aucune raison que les petits dansent et pas les grands.

J'ai préféré ne pas les accompagner.

— Je viderai en douce les coupes de champagne...

— Surtout, laissez tout, Jean-Charles, je m'en occuperai demain, m'a recommandé le gentil Rodrigue.

La fraîcheur tombe sur la terrasse. Le long de la baie des Anges scintille une double rangée de lumières, celles du ruban mouvant des voitures sur la promenade des Anglais. Il en monte une rumeur de fête.

Sur la terrasse voisine, séparée de la nôtre par une haie d'arbustes, nos voisins se sont installés dans leur balancelle. C'est un couple de retraités qui vivent ici toute l'année. À notre arrivée, nous leur avons rendu visite, demandant leur indulgence pour le bruit que nous risquerions de faire durant cette quinzaine.

— N'ayez crainte, cela ne nous gênera pas, au contraire. C'est la jeunesse. Nous avons bien assez de calme comme ça l'hiver.

À l'hiver de leur vie, tous deux en robe de chambre, main dans la main, ils profitent d'un moment de douceur avant d'aller au lit, échangeant des réflexions de rien du tout, ignorant que leur voisin est là, qui les épie et tente d'attraper des mots, des regards, pour tromper sa peine.

« Puisque, de toute façon, vous vous aimez plus. »

Le premier été de nos amours, je t'avais offert un week-end au bord de la mer, dans un hôtel modeste en Bretagne. Il faisait très chaud et nous passions beaucoup de temps dans la chambre, volets fermés, à nous caresser. Cette chambre était au rez-de-chaussée et cela m'excitait d'entendre marcher des gens sur le trottoir, à quelques mètres de notre lit. S'ils avaient pu nous voir !

Tu ne m'avais pas encore présenté à ton père. Il ne m'avait pas encore averti : « Cette fille n'en a jamais fait qu'à sa tête. »

Je ne t'avais pas encore emmenée à la Treille. Brigitte n'avait pas encore demandé : « Es-tu bien sûr, petit frère ? »

Tu disais que le plaisir était doux, comme des vaguelettes que tu aurais voulu ne jamais voir s'arrêter. Je restais en toi le plus longtemps possible dans l'espoir de provoquer la grande vague. Il nous arrivait de nous endormir l'un dans l'autre.

L'autre.

Le dernier matin, à l'aube, durant notre dernière étreinte maritime, soudain, ton corps s'est tendu, tes ongles se sont enfoncés dans mes épaules. Tu as ordonné : « Continue, continue. » Il m'a semblé te sentir plus serrée autour de moi, plus brûlante et liquide à la fois. Ton regard s'est perdu. Tu secouais la tête comme pour dire « non », implorer « oui ». J'avais peur de ne pouvoir t'attendre.

Après, tu as pleuré, et murmuré « mon amour ».

Quand l'amour entame-t-il son reflux sans que l'on s'en aperçoive ?

Quand avons-nous cessé de nous embrasser avant les caresses ?

Quand as-tu prononcé les seuls mots du désir ? Quand ai-je cessé de te dire ceux de la fusion ?

Quelle nuit, ou quel matin, n'es-tu plus restée dans mes bras après l'amour ? Ou seulement quelques minutes. Quelques secondes.

Quand t'es-tu refusée pour la première fois ? Quand n'ai-je plus osé te manifester mon désir, de peur d'être repoussé ?

Après t'avoir aimée, quand n'ai-je plus ressenti la bouleversante reconnaissance de celui qui a, un instant, espéré n'être plus jamais seul ?

Oh, ma douleur, dis-moi à quel moment l'âme s'éclipse pour ne plus laisser place qu'à la baise ?

21

Marie a trente-cinq ans, les jumeaux fêtent aujourd'hui leurs dix-sept ans. Voici deux ans que Denis nous a quittés.

« Chacun fait son deuil comme il peut, constate souvent ma mère qui voit s'en aller un à un ses amis. Tu n'as le droit de juger ni celui qui reste, ni celui qui part. »

Après la perte de leur compagnon, ou de leur compagne, certains ne trouvent leur salut qu'en mettant la clé sous la porte. Impossible de continuer à vivre en un lieu où l'absence crie plus fort que ne le faisait une présence inscrite dans le quotidien. Tout rappelle le disparu, à commencer par les sujets d'énervement : ce bol ébréché qu'il refusait de jeter, ces immondes pantoufles, ces manies que l'on appelle « petites » et qui soudain emplissent tout le terrain du souvenir. Les odeurs, n'en parlons pas ; elles font partie des nôtres. Une seule solution : fuir, en misant sur l'oubli.

D'autres font, au contraire, un sanctuaire de l'endroit où ils ont été deux. L'oubli est leur ennemi : ce serait accepter la solitude. Ceux-là n'existent plus que tournés vers le passé.

Marie n'avait rien changé au Colombier, non pour entretenir les larmes, mais pour leur laisser le temps de sécher.

L'un de ses hommes était parti, deux lui restaient qui avaient besoin de sentir encore leur père auprès d'eux. Alors, elle avait gardé les choses en l'état. Pour l'instant.

Lorsque les garçons revenaient du lycée, ils pouvaient voir, dans l'entrée-capharnaüm, la paire de bottes, la veste fourrée, la casquette de Denis. Le jeu d'échecs les attendait, ouvert sur la table. S'y attelant, ils lançaient tout naturellement le mot « papa ». Et il était là. Miro ne s'y trompait pas, qui avait élu domicile sur le fauteuil du maître des lieux.

Lorsque, à l'automne, j'étais revenu couper le bois pour l'hiver, nous l'avions rangé « façon Denis » : grosses bûches au fond, moyennes au milieu, petit bois devant. Et les garçons, qui se moquaient volontiers de la « tatillonnerie » de leur père, s'étaient montrés les rois du tatillon.

Les épreuves du bac de français se dérouleraient en juin prochain. Arthur pensait à faire médecine, Martin n'était pas fixé. J'avais proposé mes services et ils réclamaient régulièrement mon aide. Boulogne et Saint-Cloud, c'est mitoyen. Ainsi que je l'avais fait avec tant de bonheur pour toi, Gabrielle, je les amenais à acquérir une méthode de travail, à faire du clair dans leur réflexion. En week-end, j'y emmenais les enfants. Tu n'osais trop rien dire : c'était pour Marie. Et lorsque, après la leçon, une partie de foot s'organisait sur la pelouse, avec des amateurs venus de tous côtés, Denis était plus que jamais présent, car voir des jeunes envahir sa maison constituait, pour l'orphelin rejeté d'autrefois, une déchirante revanche, mais surtout l'affirmation qu'il avait su, lui, être père.

Quel père étais-je ?

Depuis les vacances à Nice, j'avais perdu le contact avec mon fils. Il se refermait sur lui-même. Lorsqu'il s'était mis en tête de poser un verrou sur la porte de sa chambre, il y avait eu engueulade à la tour bleue. L'orage secouait l'appareil fragile du pilote. Mon Petit Prince était retourné vers ses lointaines planètes.

Marie s'y connaissait en garçons. Elle avait permis aux siens de franchir le cap de l'adolescence, puis celui de la disparition de leur père. Sans me plaindre de toi, ce que j'aurais trouvé déloyal, surtout auprès de ton amie, je m'étais contenté d'exprimer mon inquiétude pour son filleul.

Et, tandis qu'au Colombier je m'occupais des futurs bacheliers et qu'Ingrid s'exerçait à devenir l'impératrice de la BD, Marie demandait son aide à mon lycéen pour ceci ou pour cela, sous prétexte que, depuis peu, il la dépassait en taille : façon de lui dire « mon grand » ?

Que se racontaient-ils pour qu'ils se taisent lorsque j'apparaissais ? Que soupçonnait Marie du désert de mon cœur, pour que, à l'heure de partir, une parole, un sourire, ses lèvres sur ma joue, soient comme un peu d'eau fraîche qu'elle m'offrait pour la route.

« Puisque vous vous aimez plus »...

À tout instant de la journée, les paroles de mon fils revenaient me cogner en pleine poitrine. Les pensait-il sincèrement ou étaient-elles une provocation appelant un démenti ? Craignait-il que, à l'instar des parents de Malo, nous divorçions ?

Je ne voulais pas divorcer. Je ne voulais pas de bagarres sanglantes autour de la garde de nos enfants. Je ne voulais pas voir ma petite fille pleurer. Pour eux, j'avais résolu de continuer à vivre avec toi.

22

Ce dimanche d'automne, nous sommes donc venus fêter les dix-sept ans des jumeaux. Martin est ton filleul aussi – pour une fois, tu nous as accompagnés. Dans le coffre du 4 × 4, ton cadeau : un ordinateur dernier cri, assorti de cassettes de jeu.

— Jamais Marie ne pourra lui offrir ce genre d'objet, as-tu remarqué. Et comme ça, Arthur en profitera lui aussi.

Marie n'a pas de soucis financiers immédiats. Le Colombier est à son nom, Denis avait souscrit une bonne assurance-vie et il lui a laissé le portefeuille d'actions hérité de son père. Cependant, elle n'ignore pas que, à trente-cinq ans, elle ne peut espérer vivre indéfiniment de ses rentes, d'autant qu'elle entend offrir à ses garçons des études qui risquent d'être longues.

Depuis la rentrée, munie de son diplôme de l'École des Gobelins, elle cherche du travail. « Enfin ! » as-tu soupiré. Je te soupçonne d'avoir une idée derrière la tête, car, tandis que nous roulons vers Chaville, tu déclares joyeusement :

— Ça tombe bien, cet anniversaire : j'ai à parler à Marie.

À l'arrière de la voiture, Ingrid couve les dessins qu'elle a faits pour les jumeaux. Sur le conseil d'Antoine, je leur ai acheté des trottinettes ; il s'est chargé des protections.

La grille est ouverte, la famille Colombelles sur le perron pour nous accueillir.

Marie s'est faite belle en l'honneur de ses garçons. Elle a mis sa tenue « quakeresse », comme l'appelait Denis en riant : une robe patchwork de toutes les couleurs – on dirait une étudiante. Tu portes, toi, jean et blouson fourré : la journée s'annonce frisquette.

Au Colombier, la coutume veut que l'on attende d'avoir soufflé les bougies pour ouvrir les paquets. Je sens ton impatience. D'autant qu'il y a double gâteau aujourd'hui. Le moment venu, l'ordinateur et les trottinettes sont salués par des cris de joie. À la surprise générale, alors qu'elle n'en a jamais voulu pour elle, Marie a offert des téléphones portables à ses fils.

— Vous m'apprendrez à m'en servir, mais, je vous préviens, il vous faudra de la patience.

Rires épais de mâles heureux de pouvoir montrer leur savoir-faire à une faible femme, constaterait Arnaud.

— Si tu veux, moi aussi, je t'apprendrai, glisse timidement Antoine.

— Mais j'y compte bien !

Il est plus de trois heures. La petite troupe est au grenier, domaine des garçons, autour de l'ordinateur. Nous, nous sommes chez Miro, près de la cheminée. Les yeux brillants, tu te penches vers ton amie.

— Une grande nouvelle, Marie ! Le fils d'une de mes meilleures clientes ouvre une boîte de production.

Devine... films d'animation, dessins animés. Tout ce dont tu rêvais, ma chérie. Je l'ai rencontré et je te prie de croire que j'ai fait l'article. L'École des Gobelins l'a impressionné. Je me suis permis de lui montrer quelques-unes des BD que tu avais réalisées pour les enfants. Elles ont eu l'air de lui plaire. Il est d'accord pour te rencontrer. Qu'est-ce que tu en penses ?

Marie ne répond pas tout de suite. Je ne t'en veux pas de ne pas m'avoir mis au courant. Sans doute as-tu voulu me faire également la surprise. À moins que tu n'aies craint que je ne sache pas tenir ma langue.

— Je te remercie beaucoup, Gaby. Mais j'ai trouvé.

Nous restons aussi interdits l'un que l'autre. Moi, un peu peiné. Pourquoi ne m'as-tu rien dit, Marie ? Ne nous sommes-nous pas vus la semaine dernière ?

— C'est tout récent, ajoute-t-elle en me regardant. Et il me fallait consulter les garçons avant de donner ma réponse.

— Et tu as trouvé quoi ? demandes-tu sans chercher à cacher ta déception.

— Un héros récurrent. Un petit animal à poil et à plumes qui plaît beaucoup à un éditeur jeunesse. Il fera l'objet d'une série d'albums pour les six-huit ans. À propos de dessins animés, il n'est pas exclu que mon personnage intéresse un jour l'image, c'est prévu dans le contrat.

— Tu n'as pas signé, tout de même ?

— La semaine dernière.

— Mais tu sais bien que le secteur est saturé, Marie ! Tu seras payée des clopinettes. Moi, je t'offrais un VRAI travail, où tu aurais pu faire carrière.

Marie garde son sourire, mais tout son visage reflète

la détermination. Elle devait avoir ce regard-là, de velours et de fer, lorsqu'elle a décidé de tirer Denis de son trou noir, qu'elle lui a tendu la main et ne l'a lâchée qu'une fois remis sur pieds. Ni sainte ni martyre, Marie. Une vraie petite machine de guerre quand elle s'y met. À mon tour, je souris : un avion furtif, un drone avec pilote. Nul ne le voit, il enregistre tout.

— Mais c'est un VRAI travail, Gaby, répond-elle tranquillement. Et suffisamment payé à mon goût. D'autant qu'il a un atout essentiel pour moi : je pourrai m'y consacrer à la maison. Je connais les horaires des boîtes de production. Déjà, les garçons n'ont plus leur père, tu ne voudrais pas que je les prive de mère à un âge sensible ?

Elle lève les yeux vers le plafond. Sous les ardoises du Colombier, ça rit et ça chahute.

— Et puis figure-toi que j'ai l'intention d'y associer ton filleul. On prétend que les jumeaux font tout pareil, les miens doivent être l'exception. Tu t'en es rendu compte, Jean-Charles : ils se sont réparti les gènes. Arthur, c'est les sciences, comme Denis. Martin a des fourmis au bout des doigts, comme moi.

Un jour, tu avais affirmé, Gabrielle : « Denis est un faible. Il a empêché Marie de faire carrière. » En réalité, personne n'a jamais rien imposé à Marie. Si elle va droit son chemin, est-ce parce que, contrairement à toi, elle s'est construite sur une vérité ? La sienne ?

Voyant ton visage troublé, je me demande si tu n'es pas en train de comprendre que, de vous deux, c'est la « petite » la plus forte.

Tu te contentes de constater avec un soupir :

— Décidément, tu es incorrigible.

Je ne suis pas encore intervenu. Je prends ma plus belle voix d'ogre de la montagne pour déclarer :

— Sachez que celui qui s'aviserait de corriger Marie aurait affaire à moi.

Et elle répond comme à Antoine :

— J'y compte bien, Jean-Charles.

Mais lorsqu'elle a ajouté : « Et puis, à Limoges, il y a une fac de médecine réputée. Et, à Naves, tout ce qu'aime Martin. Imaginez qu'un jour nous décidions de retourner au pays, je pourrais emporter mon travail avec moi », la montagne a tremblé. L'ogre est tombé à genoux.

23

L'aventure A380 démarrait, une aventure de trois ans qui se terminerait en 2005 par le décollage, à l'aéroport de Blagnac, à Toulouse, du plus gros avion du monde, le plus économique en carburant, le plus silencieux.

Nous avions été contactés, Arnaud et moi, au printemps dernier, par un chasseur de têtes qui nous avait proposé de rejoindre le privé pour venir œuvrer dans la Ville rose à l'assemblage du géant du ciel.

Arnaud n'avait pas hésité.

Moi non plus.

Pour te détendre après tes journées bien remplies d'organisatrice de fêtes, tu aimes regarder un film, et nous prenons désormais nos dîners sur un plateau devant le téléviseur. Ce soir, aux infos, le futur gros-porteur a été à l'honneur. Cent cinquante commandes ont déjà été enregistrées avant même sa construction. Six mille ingénieurs, de différents pays, travailleront en étroite collaboration à celle-ci.

— Arnaud en fera partie, t'ai-je annoncé. Il s'installe avec sa famille à Toulouse. Caroline y est déjà, rentrée des classes oblige.

Ta fourchette en suspens au-dessus de ton poisson, tu me regardes, contrariée.

— Première nouvelle ! Merci de m'avoir tenue au courant.

— Tout s'est décidé très vite. On nous avait demandé d'être discrets.

— « Nous » ? Veux-tu dire que tu as eu la même proposition ?

Je m'efforce de plaisanter.

— Tu sais bien qu'Arnaud et moi sommes les inséparables du ministère des Transports. Même parcours pour y arriver, même bureau, mêmes projets. Et même intérêt d'Airbus pour recruter de si brillants sujets.

Je n'ai pu empêcher ma voix de déraper. Tu éteins le poste et abandonne ton plateau à peine entamé sur la table. Tu me dévisages.

— Je comprends que cela ait été dur pour toi de refuser, Jean-Charles. Mais, Caroline ne travaillant pas, il me semble normal qu'elle suive son mari.

— Veux-tu dire que, sans Majordame, tu m'aurais suivi toi aussi ?

J'ai parlé avec ironie.

— Tu sais bien que, Majordame ou autre, je n'ai jamais envisagé de ne pas travailler, t'étonnes-tu. Et, franchement, je ne me vois pas à Toulouse, sautant chaque matin dans une navette pour venir ici.

— Franchement, je n'ai pas pensé une seconde à te le demander.

Cette fois, tu tends la main et la pose sur mon poignet.

— Attends ! Ne me dis pas que tu espérais réellement partir là-bas ? Tu savais bien que c'était un rêve. Tu pourras te tenir au courant grâce à Arnaud.

— Je ne serai pas au cœur de l'action.

Ma voix est carrément rouillée. Je ne comprends pas l'émotion qui noue soudain ma gorge. Tu as raison : je n'espérais plus. Je croyais avoir fait mon deuil de ce foutu avion. Comme de bien d'autres rêves. Et voilà qu'il a suffi d'un peu de compassion de ta part, de ta main sur mon poignet, pour que, dans ce gâchis, dans cette merde qu'est devenue notre vie commune, quelque chose comme de l'espoir ressurgisse, ravivant la douleur.

— Il y aurait bien une solution, remarques-tu.

Mon crétin de cœur se déclenche.

— Je ne vois vraiment pas laquelle.

— S'il n'est pas trop tard pour que tu acceptes, tu pourrais passer la semaine à Toulouse. En partant le lundi matin et en revenant le vendredi soir, cela ne te ferait finalement que trois jours complets d'absence. Trois jours et quatre nuits.

— Et les enfants ?

— Ils sont grands, les enfants ! Une simple question d'organisation. Vous auriez tout le week-end pour vous rattraper.

J'ai vu mon pilote sans son père pour frapper à sa porte cadenassée. J'ai vu une petite fille dans notre froid salon, attendant tard le retour d'une maman trop fatiguée pour lui faire réciter ses leçons, pour admirer ses dessins.

— Il n'en est pas question. Ils me manqueraient trop.

Tu as rallumé le poste et laissé ton plateau. Ce soir,

tu m'aurais accordé une double faveur : rater ton film et ton dîner.

Et ton mari, Gabrielle ? T'aurait-il manqué seulement un peu s'il avait décidé de s'absenter plus de la moitié de la semaine ? Je ne me suis pas risqué à te le demander.

Antoine avait, bien sûr, appris par les médias le démarrage de l'A380, ce rêve fou où je l'avais entraîné. Julien, le fils d'Arnaud, avec lequel il communiquait par SMS, l'avait tenu au courant de l'installation de la famille à Toulouse.

Il a attaqué sur la route de l'école, où je continuais à conduire mes enfants pour le plaisir, car, en effet, ils étaient assez grands pour se passer de moi ; n'en revenaient-ils pas tout seuls ?

— Pourquoi on va pas à Toulouse, nous ? Pourquoi t'as dit non ?

— Parce que, avec le travail de ta mère à Paris, cela m'a paru difficile d'accepter.

— Elle va bien à Milan, elle ?

J'ai essayé de rire.

— Justement ! Boulogne, Toulouse, Milan, tu ne trouves pas que ça aurait fait beaucoup ?

— Mais, toi, tu aurais bien voulu, papa, n'est-ce pas ? Et en plus, Airbus, c'est le privé. Tu aurais gagné plein de sous, comme maman.

J'ai pensé à Marie. Il y avait plus important que les sous.

— Ce qui compte pour moi, c'est d'être avec mes enfants, ai-je dit.

— Et moi, je veux rester ici avec mes copines, a déclaré Ingrid.

— Et moi, ma femme travaillera pas. Elle sera comme Caroline, a décidé Antoine.

Nous arrivions. Des enfants affluaient de tous côtés. À peine la voiture arrêtée, Ingrid en a jailli.

— Bisous, papa.

Elle a couru vers ses amies.

Antoine a pris son temps pour sortir. Lui, avait peu de copains. Les parents de Malo divorcés, celui-ci vivait désormais en province. Et voici qu'il perdait Julien.

Je l'ai regardé s'éloigner, ployé sous son gros sac à dos.

« Bon vent, pilote. À ce soir. »

« Il paraît que vous piloterez l'A380 ? »

C'était si loin. C'était si bien.

24

Passant quelques jours à Paris pour s'occuper de la vente de son appartement, Arnaud m'a invité à dîner. Nous avons préféré ne pas parler de « dîner d'adieu ».

En avions-nous pris, ensemble, des plateaux-repas à la cafétéria du ministère. Ce serait cette fois un plateau à surprises, m'a promis mon ami.

Le bar s'appelait L'Oasis. Il était situé dans une ruelle obscure derrière Notre-Dame. Écartant les pans du lourd rideau de velours grenat qui ouvrait sur la salle, les vers de Baudelaire me sont revenus en mémoire : « Luxe, calme et volupté ».

L'éclairage tamisé, une musique de songe, des senteurs exotiques, vous donnaient l'impression d'entrer dans un mirage. Paris gris, plongé dans la tristesse d'octobre, s'effaçait.

Une hôtesse est venue à notre rencontre : une jolie femme dans la trentaine, vêtue d'une sobre robe noire.

— Bonsoir, Myriam, a dit Arnaud.

— Bonsoir, messieurs.

À sa suite, nous avons louvoyé entre les tables basses, entourées de fauteuils ou de canapés ; pas de chaises, ici. Bien que la salle fût pleine, on n'entendait que des murmures, comme si les clients retenaient leur voix pour ne pas briser la magie.

Arnaud a ouvert la carte devant moi.

— Première surprise ! a-t-il annoncé.

On n'y proposait que du champagne : une quantité de marques dont les plus prestigieuses. Mon étonnement l'a fait sourire.

— Le prix à payer pour l'entrée au club. Une façon d'afficher la couleur. Tu es sûr d'y laisser ta culotte. Façon aussi d'éliminer les bruyants buveurs de bière. À propos de culotte, voici la seconde surprise.

Il désignait, le long du bar, une rangée de jeunes femmes qui discutaient avec une plus âgée, la patronne sans aucun doute, elle, de l'autre côté du comptoir.

— Rien que des filles ici. Des filles qui n'ont rien contre les messieurs, rassure-toi. Le seul gars de l'endroit, un Oriental, est aux fourneaux. À l'occasion, il sert de videur. Nous sommes les maîtres du harem.

— Veux-tu dire qu'elles sont comprises dans le menu ?

— Tu peux, en effet, demander leur compagnie à ta table.

Toujours près du bar, il a montré un autre rideau de velours.

— Ou monter à l'étage avec celle de ton choix.

Myriam revenait prendre la commande.

Il l'a suivie des yeux, tandis qu'elle s'éloignait d'une démarche légère.

— Comme tu peux le comprendre, la clientèle est essentiellement masculine. Mais les femmes sont les bienvenues. J'ai amené une fois Caroline. Elle a trouvé l'endroit intéressant. Elle a parlé de « repos du guerrier ». Nous nous sommes demandé dans quelle catégorie classer ces dames. Putes ou compagnie ? Certainement pas. « Hétaïres » nous tentait. Au risque de te choquer, le nom qui nous a paru le plus approprié a été « filles de joie ». Au sens propre du terme : qui rappellent aux animaux compliqués que nous sommes, que l'on peut trouver de la joie dans le plaisir. N'en déplaise à nos maîtresses à penser du moment.

De retour avec la bouteille, Myriam en a montré l'étiquette à Arnaud avant de la déboucher comme si elle avait fait ça toute sa vie. Elle avait de longues mains soignées. Rien de provocant ni de vulgaire dans ses gestes comme dans son attitude : une très jolie femme que l'on aurait pu emmener n'importe où sans gêne. J'ai pensé au Rodrigue d'Estelle. Une « escort girl » ?

Après avoir rempli nos coupes, elle a laissé la bouteille dans un seau à glace.

— Bonne soirée, messieurs. Faites-moi signe lorsque vous serez prêts à dîner.

Elle s'est éloignée.

— Tu admireras la discrétion, a remarqué encore Arnaud. Aucune ne cherchera à s'imposer. Tu peux te présenter ici en toute confiance.

Il a levé sa coupe.

— À cette soirée, vieux !

Mon cœur s'est serré. Vieux. Qui m'appellerait désormais ainsi ? Et comme j'avais rêvé de trinquer à une aventure commune !

Il le savait et sans doute avait-il décidé de ne pas aborder le sujet sensible, car il a tout de suite orienté la conversation sur Nice. Occupé par son déménagement à Toulouse, lui n'avait pas pris de vacances.

J'ai raconté le bel appartement de la baie des Anges, mon charmant beau-père, le parachutisme ascensionnel. Arnaud a applaudi aux projets italiens de Majordame. Je me sentais mal. À quoi bon cette dernière soirée ensemble, avant des mois peut-être, ce champagne exceptionnel, si c'était pour tricher, rester à côté de la plaque, fût-elle brûlante ?

Après la seconde coupe, j'ai craqué.

— Et merde. On joue à quoi, là ? Pourquoi je n'arrive pas à me résigner à te voir partir sans moi ? Je croyais avoir fait mon deuil du gros-porteur et, l'autre soir, quand j'ai annoncé ton départ à Gabrielle, j'ai eu des « boules d'enfer », comme dirait mon fils. Pour un peu, j'aurais chialé comme un gamin.

Arnaud a eu son bon sourire. Seuls les « enveloppés » vous en réussissent de pareils : rond sourire-soleil sur un dessin d'enfant.

— Ma psy maison te répondra qu'on n'enterre jamais tout à fait ses rêves. Pour la bonne raison qu'ils nous permettent de vivre. Quand aux « boules d'enfer » – je parle de celles du haut –, je me les suis offertes moi aussi tout récemment, quand Solange, notre fidèle assistante, m'a donné une rose pour souligner combien mon attachante personne allait lui manquer. Une fleur, rien qu'une, et j'ai fondu. Je ne savais plus où mettre ma grande carcasse. J'avais le cœur pilé. Caroline m'aime peut-être, mais elle ne m'a jamais offert que des cadeaux utiles, par exemple des cravates unies ou rayées, dans l'espoir de changer mon goût détestable pour les éléphants et autres bestioles.

Cela m'a permis une fameuse découverte : c'est nous, les romantiques ! On est peut-être des gros balourds, et certains, des brutes épaisses, n'empêche que, la fleur bleue, c'est dans notre cœur qu'elle prospère.

J'ai ri.

— Et qu'a pensé ta psy de cette fabuleuse découverte ?

— Totalement d'accord ! Elle assure que les femmes sont plus pratiques, plus rationnelles. Exemple tiré de la rose : tu offres un bouquet à ta chère et tendre, qu'est-ce qu'elle fait ? Elle y plonge le nez. Et, mine de rien, compte les fleurs. Plus il y en a, meilleur sera le parfum. Idem pour la bague de fiançailles : là, c'est la taille du diamant qu'elle évalue. D'après Caro, c'est génétique. Durant des siècles, les pauvrettes n'ont existé que par nos présents. De préférence colliers et bracelets, « cadeaux d'asservissement », comme disent nos féministes.

Arnaud a roulé des yeux terrifiés :

— Pas un mot à Gabrielle, elle me tuerait.

L'une de nos phrases rituelles ; sa façon de me confier qu'il connaissait ma situation.

Je me suis souvenu de ta réflexion à Nice, lorsque je t'avais offert un bouquet de petites roses : « Ça tombe à pic, mes Italiens viennent dîner après-demain. » Femmes pratiques... Je ne l'ai pas raconté à Arnaud. Amateurs ou non de grossiers propos de vestiaire, pour ce qui est de leurs histoires personnelles, les hommes se montrent plutôt pudiques.

Le repas nous a été servi : à la hauteur du cadre. Des coupelles de mets raffinés : caviars divers, délicates purées, brochettes de toutes sortes, beaucoup d'herbes et d'épices.

Myriam venait régulièrement s'assurer que nous ne manquions de rien. J'ai tenu à offrir une seconde bouteille.

On voyait parfois disparaître un couple derrière le rideau près du bar. D'après Arnaud, les filles étaient bien traitées, ici. Elles ne dépendaient que de la patronne, elle-même ex-« fille de joie ». Elles étaient libres de partir si elles voulaient. Pouvait-on dire pour autant qu'elles aimaient leur métier ? En tout cas, c'était leur choix et elles n'avaient rien des femmes « déshumanisées », méprisées par certaines féministes, et leurs clients, rien des « viandards » que celles-ci voulaient obliger à se faire soigner.

— Alors ? Laquelle choisis-tu ? a demandé Arnaud.

— N'importe. À condition qu'elle sache écouter.

Les mots m'étaient venus naturellement. Un autre aurait répondu : « Une qui me fera des trucs savants. » Il aurait parlé de seins, de fesses. Mais, pour les trucs savants et la beauté, j'avais ça à la maison. La glace en prime.

Je me suis senti ridicule. J'ai essayé de rire.

— Voilà ce que c'est que de trop boire de champagne. Ça vous rend sentimental.

— Nul besoin de champagne pour ça, a protesté Arnaud. Tu as entendu la musique ? Respiré l'atmosphère ? Le sentiment en plus. Nos filles de joie te diront toutes que les malheureux obligés de payer pour que « le corps exulte », comme chante le poète, cherchent, en plus, à se soulager de leurs petites misères ou de leurs grands malheurs. Et même parfois à chialer. Bref, à être « écoutés », comme tu dis. Et le top qu'elles peuvent t'offrir, c'est de faire semblant de jouir dans tes bras : « N'aie plus peur, tu es le meilleur ! »

Il a heurté sa coupe à la mienne.

— Troisième et ultime surprise : que penserais-tu d'un moment de conversation privée avec l'une de ces dames. Pour moi, ce sera Myriam.

Avait-il déjà passé avec elle le rideau près du bar ? Je ne le lui ai pas demandé. Quelle importance ?

Allais-je accepter son cadeau ?

Mon corps disait oui. Mon imbécile de cœur me rappelait que je ne t'avais jamais trompée, Gabrielle, en vertu d'un engagement sentimental pris autour d'une absence de préservatif.

— Je te remercie. Une autre fois, qui sait ?

Il devait être près d'une heure lorsque Arnaud m'a raccompagné à ma voiture. Je ne serais pas le premier rentré à la maison, une nouveauté ! La maison ? Quelle maison, au fait ? Une tour d'où je ne contrôlais rien, un univers sans âme où je tentais, pour mes enfants, d'apporter un peu de chaleur.

— Caro m'a chargé de te dire qu'un matelas et une gamelle seront toujours à ta disposition chez nous, a lancé Arnaud au moment de me quitter. Et n'oublie pas qu'il y a quatre millions de pièces détachées à assembler pour que notre cher A380 soit au point. On t'en mettra quelques-unes de côté au cas où tu changerais d'avis.

Je n'ai pas répondu. J'ai démarré comme un cinglé. Quelques mots d'amitié et voilà que mon cœur se transformait en une bombe d'eau de rose prête à exploser.

Les hommes sont romantiques.

Arnaud avait parlé de fleurs, de bague. Depuis que, au retour de l'enterrement de Denis, j'avais remarqué l'absence de la bague de fiançailles à ton doigt, je ne l'y avais pas revue. Qu'en avais-tu fait ?

« Les femmes évaluent la taille du diamant. »

Celui de la grand-mère vigneronne était modeste, j'avais voulu croire que tu aurais plaisir à le porter.

Un soir où tu tardais à rentrer, je l'ai cherché, un peu honteux, porte ouverte sur le salon, oreilles aux aguets au cas où tu surgirais.

Il me semblait être revenu à Nice, voyeur espionnant le couple sur la terrasse voisine, cette nuit où « l'autre » avait compris que l'amour était mort. Cherchant à voler quoi ? Un moment de ce rêve nécessaire à la vie ?

La bague n'était pas dans le coffret où tu mettais tes bijoux fantaisie. Ni dans le tiroir du secrétaire, réservé aux objets à ne pas égarer : livret de famille, passeports, doubles de clés.

Je ne l'ai trouvée nulle part.

À l'instant où j'écris ces mots, elle est sous mes yeux. Tu me l'as rendue. J'habite Toulouse.

25

On dit parfois des mots, qu'ils vous manquent, vous échappent ou qu'on les perd. Et si, tout simplement, on refusait de les prononcer, si on les bouclait en soi pour se protéger de la vérité ?

« Les mots attendent leur heure. »

Cette heure n'était pas encore venue pour moi. La vérité me faisait peur. Quand, lors de mes trop rares passages à la Treille, le regard de Brigitte m'interrogeait, quand ma mère me glissait de tendres « Ça va ? » qui n'attendaient pas de réponse, quand mon père me parlait de l'importance de la lumière dans la forêt pour que chaque espèce y trouve son espace vital, je jouais à celui qui n'était pas concerné, je me réfugiais dans ma tour de silence où, de plus en plus, il me semblait étouffer.

Ce samedi d'automne, une brèche va s'y creuser.

Souria, Estelle et toi, vous vous êtes envolées pour Milan. C'est le grand jour de la signature avec vos partenaires italiens. Ce soir, des festivités sont prévues. En tant que mari en titre, j'y ai été convié.

J'ai préféré emmener les enfants à la Treille pour le traditionnel week-end des champignons. Brigitte, son mari instit' et leurs trois garnements, respectivement âgés de dix-huit, seize et quatorze ans, seront de la partie. Cueillette samedi après-midi, dégustation en omelette le soir (ail à volonté). Dimanche, le reste sera mis en bocaux ou enfilé en chapelets et suspendu dans le grenier.

La troupe est partie en chasse après un déjeuner rapide. C'est que la nuit se présente de plus en plus tôt. La forêt jette ses derniers feux avant l'hiver, un peu de pluie est tombée hier. Excellent !

Précédé par Sylvain dans tous ses états, mon père ouvre la voie. Ses cheveux sont blancs à présent et sa vue n'est plus si bonne. Maman m'a confié qu'il a eu un choc depuis qu'un plus jeune a pris sa place au volant du bibliobus. Désormais, il n'en est plus que le passager.

Quant à ma mère, c'est l'arthrose qui attaque, et elle a préféré demeurer à la maison.

Antoine et Ingrid, suivis par leurs grands cousins, cherchent dans le désordre, espérant être les premiers à découvrir le gisement miracle, à crier : « Venez voir... là... », à triompher. Mon beau-frère porte le panier et vérifie les trouvailles. Brigitte et moi lambinons à l'arrière.

Elle reste la même. Quarante-quatre ans. On dit qu'elle ressemble à la grand-mère vigneronne. De taille moyenne, pas une beauté, mais un visage énergique dans lequel les yeux pétillent. Une femme de bon sens et de tolérance, passionnée par son métier.

— Ce n'est pas facile pour Olivier en ce moment, me confie-t-elle. Il paraît que, lorsqu'un garçon pleure dans la cour, plus aucun instit' n'ose le prendre dans ses bras pour le consoler. L'accusation de pédophilie rôde. Bienvenue dans l'ère du soupçon !

Elle s'arrête, se courbe pour examiner un bouquet de champignons au chapeau jaune léger, à l'aspect engageant, avant de l'écraser du pied.

— Cortinaire des montagnes : un faux-jeton super-dangereux qui vous prend des allures d'oronge.

Nous reprenons notre chemin.

— À propos de profs... As-tu vu cet universitaire accusé de harcèlement par une de ses étudiantes ? Apparemment sans preuve réelle. Sa carrière risque d'en être brisée. Dans les deux cas, c'est l'homme qui est montré du doigt : sexe violent et prédateur. Aux États-Unis, il suffit qu'un patron pose la main sur l'épaule de sa secrétaire, ou la regarde de façon trop appuyée, pour qu'il risque un procès. Ça devient franchement absurde.

Je pense aux petits garçons auxquels on interdit de pisser debout. Brigitte m'observe du coin de l'œil. Nul doute qu'elle me tend la perche. J'opte pour la légèreté.

— Mon ami Arnaud, tu sais ? L'affreux qui me lâche pour Toulouse, prétend que les femmes sont les plus fortes. Il les voit s'emparer peu à peu de tous les pouvoirs ; surtout depuis qu'elles contrôlent les naissances...

— La plus belle conquête du siècle dernier, applaudit Brigitte. Mère quand je veux, si je veux. Mais, pour le pouvoir, on a encore du chemin à faire. Ton « affreux » n'a pas dû bien lire les statistiques. Il ne serait pas un peu macho par hasard ?

— Il tient beaucoup à le faire croire : sexe féminin

violent et prédateur. Tu viens de le constater toi-même : certaines mitraillent. Ça soulage de renvoyer parfois la balle.

J'essaie de rire. Ma sœur garde son sérieux.

— À la décharge des mitrailleuses, et quoi qu'en pense ton ami, ce sont encore les hommes qui tiennent les rênes dans la plupart des domaines. Seulement, en les traitant de la sorte, certaines femmes nous exposent toutes à un sérieux retour de bâton. Ils s'enferment dans leur citadelle. Espérons qu'un jour on arrêtera les hostilités. Des deux côtés, les bonnes volontés ne manquent pas. Sans doute fallait-il commencer par tout fiche par terre ; vite le temps de la reconstruction !

Pourquoi est-ce que je revois soudain L'Oasis ? Les guerriers sans citadelle, les filles qui sourient. Et je revois aussi, dans des pays envahis, des femmes qui tendent une fleur aux occupants. Fleur contre fusil, cela fait-il partie des rêves impossibles ? De ceux sans lesquels on ne peut pas vivre ?

— Papa... Brigitte...

Suivi par Sylvain, Antoine galope vers nous, brandissant un superbe bolet bai.

— C'est un bon, le plus gros ! exulte-t-il. C'est moi qui l'ai trouvé.

— Et c'est moi que je le mangerai ce soir dans mon omelette, s'amuse Brigitte en promenant le champignon sous son nez. Puis-je vous le réserver, monseigneur ?

— Je vais le dire à Olivier.

Voilà mon Antoine reparti, tout faraud. Comme il en faut peu pour redonner confiance, fierté, à un petit d'homme.

— Écoute-moi cette voix, s'exclame Brigitte. Il mue, ton fils ! L'année prochaine à la même époque, on ne le reconnaîtra plus. Ça se passe comment, pour lui ?

J'entends : « Ça se passe comment, pour toi ? »

L'année prochaine, où en serons-nous, Gabrielle ? Ma gorge se noue.

— Je crois bien que c'est Antoine qui a été le plus déçu par mon refus de rejoindre Airbus. Je l'ai trop fait rêver avec mon gros-porteur. Le voilà obligé de se rendre à l'évidence : son père ne sera jamais le pilote du géant du ciel, ni lui le copilote.

Peut-être le copilote est-il en train de muer ; la voix du commandant de bord n'a rien à lui envier.

— C'est à cause de Gabrielle que tu as refusé, bien sûr.

— Avec Majordame, elle n'aurait pas pu suivre. Elle m'a suggéré de passer, moi, la semaine à Toulouse et de revenir pour les week-ends.

Ma sœur se tait. Et c'est au tour d'Ingrid de fondre sur nous, suivie à distance par ses grands cousins. Elle en a entrepris la conquête. Sa victoire est totale : la reine des manipulatrices.

— Pourquoi vous cherchez pas les champignons avec nous ? proteste-t-elle. Papy a dit que ceux qui n'auraient pas travaillé n'auraient pas le droit d'en manger.

Les garçons s'esclaffent. La tante applique deux gros baisers sur les joues roses.

— Ne vois-tu pas qu'on complote, la poussine ? Sache qu'un frère et une sœur, c'est fait pour ça. Et on mangera des champignons quand même.

Ingrid a son rire de dessin animé. Elle fait demi-tour, rattrape Antoine, s'empare de sa main et se retourne pour voir si nous approuvons.

— Sacrée bonne femme ! Quelle énergie, commente Brigitte en riant. Tu vas me donner des regrets. J'en aurais bien voulu une pareille.

Nous reprenons la marche.

« Un frère et une sœur, c'est fait pour comploter. »

Les mots à ne pas dire. La goutte de tendresse qui fait déborder la souffrance.

— Ça ne va pas, Brigitte. C'est foutu entre Gabrielle et moi. Tu avais raison : je me suis trompé.

Il ne m'aura fallu que quatorze ans pour répondre à la question posée dans cette même forêt, lors de la présentation de ma fiancée à ma famille. Comme « celui-là » s'est accroché ! Comme « l'autre » a voulu y croire !

Terminé.

Oui, Brigitte, je suis bien sûr ! De m'être laissé illusionner par une femme qui n'a jamais, rendons-lui cette justice, essayé de me tromper sur celle qu'elle était. Sûr d'avoir commis l'erreur d'espérer la changer. D'avoir ajouté la lâcheté à l'aveuglement en cédant toujours et encore pour tenter d'épargner deux petits, bien réels, que j'étais, et suis encore certain, d'aimer plus que mon confort.

— Si je reste, c'est pour les enfants.

— Et ils vivent ça comment, les enfants ?

— Tu as vu Ingrid. Elle, sans gros problème. D'autant que ses relations avec sa mère sont excellentes. Antoine, moins bien. Je fais ce que je peux, mais j'ai parfois l'impression qu'il nous en veut autant à l'un qu'à l'autre.

L'autre.

— Quand le père souffre, le fils déguste, se contente de répondre Brigitte.

Planté au milieu du sentier, notre père à nous attend en brandissant sa canne.

— Alors, les fainéants ?

Brigitte glisse son bras sous le mien, se penche vers mon oreille.

— À propos de ton géant du ciel, n'est-ce pas dans les petits Airbus que l'on teste le moteur des gros ?

Ce message-là aussi, il me faudra du temps pour le comprendre !

Plus tard, à la cuisine, lors du nettoyage de la cueillette, sous les ordres de la patronne – dans de l'eau citronnée afin d'éviter qu'ils noircissent, et en laissant la peau pour préserver le goût, – ma mère m'a demandé de tes nouvelles, Marie.

J'ai raconté que, faute de forêt à proximité, tu étais la reine de la salade de champignons de Paris.

J'ai dit aussi que j'aidais tes garçons à préparer leur bac de français. N'avais-je pas eu moi-même, avec mon père, le meilleur des professeurs ? Il a caché son plaisir sous un rire fêlé.

Antoine a ajouté son grain de sel. Lui, t'apprenait à te servir de ton portable et ce n'était pas une mince affaire.

Ragaillardi par quelques gorgées de vieux porto, plus léger d'avoir comploté avec ma sœur, je me suis entendu déclarer que tu étais une sacrée bonne femme, forte comme le roc, tendre comme du bon pain. Et, en direction de mon beau-frère, mené à la baguette par les cuisinières, j'ai ajouté que, par-dessus le marché, tu avais compris que les hommes étaient une espèce à protéger.

— Je n'ai rien à ajouter à une vérité aussi évidente, a approuvé l'instit' en jetant vers sa femme des regards de martyr.

Le rire a été général. On se serait crus avec Arnaud.

— Un de ces jours, il faudra que tu nous l'amènes, ta Marie. Et avec ses garçons, surtout. Si j'ai bien compris, ils ont à peu près l'âge des nôtres, a décrété Brigitte.

« Ma » Marie ?

26

Mai. Mois des ponts que clôturera en beauté la fête des Mères. Cérémonie des cadeaux prévue dimanche à la tour bleue.

Depuis des semaines, Ingrid te peaufine une BD, guidée par Marie : « Les vacances de la famille Souris ». Chaque page est pleine de bleu, de soleil et de joie. Comme elle est douée pour la vie, notre fille.

Antoine t'offrira une photo, dans un cadre bordé de coquillages. Je crains qu'elle ne te plaise guère. Elle a été prise à Nice, sur la terrasse, au début de notre séjour chez Hugues. Nous y sommes au complet. Debout derrière son petit-fils, coiffé de son fameux chapeau de cow-boy, le grand-père tient solidement ses épaules. Il me semble lire dans leur attitude une mutuelle revendication.

Pour ma part, j'ai choisi un très joli sac de marque italienne. Là, aucun risque de te décevoir.

Ce vendredi, nous avons procédé à un échange : Ingrid a invité son amie Sophie à dormir à la maison tandis qu'Antoine est reçu par le frère de celle-ci. Eaux calmes en perspective.

Eaux calmes ?

Il est sept heures lorsque je rentre. À peine la porte de l'ascenseur ouverte, Ingrid me tombe dessus. À ses côtés, Sophie, même modèle en plus foncé.

— Maman est malade. Elle s'est couchée. Tu crois qu'on fera quand même la fête des Mères dimanche ?

— J'espère bien. Qu'est-ce qu'elle a ?

— Mal au ventre. Elle croit que c'est la gastro.

— La gastro, il y en a plein à l'école, m'apprend gravement Sophie. Même que la maîtresse a dit que c'était l'hécatombe.

L'hécatombe... Elles en ont de ces mots, les maîtresses !

Après avoir embrassé Ingrid et baisé cérémonieusement la main de la princesse Sophie, je retire ma gabardine – le temps est à la pluie – et l'accroche au perroquet. Pratiques, les perroquets. Ils vous signalent au premier coup d'œil qui est rentré. Et même, parfois, qui vous espère. Ce soir y sont suspendus deux jolis blousons de damoiselles.

— Vous, vous restez là. Je m'en occupe.

— Maman sera pas contente. Elle a défendu qu'on la dérange.

— À la guerre comme à la guerre...

Me dirigeant vers le couloir, je mime la Panthère rose. Le rire des filles me suit. Je l'ai encore dans les oreilles en ouvrant la porte de notre chambre.

Les rideaux sont tirés, seule une lampe de chevet est allumée. Il fait très chaud. La couette jusqu'au nez, tu grelottes. Des cernes sombres soulignent tes yeux.

— Alors ? Il paraît que tu as attrapé la fameuse gastro ?

— C'est ça, réponds-tu avec effort.

Je désigne le thermomètre sur la table de nuit.

— Température ?

— Trente-huit deux.

Tu as toujours très mal menti. Je ne te crois pas une seconde.

— J'appelle le médecin.

— Non, Jean-Charles, je t'en prie ! Ce n'est pas la peine.

Sans répondre, je regagne le salon.

— Elle t'a grondé ? demande Ingrid.

— C'est tout à l'heure que je vais me prendre un savon. Elle m'a interdit d'appeler le docteur. J'ai décidé de lui désobéir.

Notre généraliste ne se déplace pas à domicile. Je forme un numéro d'urgence. Il me faut du temps pour aboutir : un praticien passera dans l'heure. Il est sept heures vingt.

— On va préparer le dîner, décide Ingrid, soulagée. Steak haché et pommes de terre sautées, c'est bon, papa ?

— Ce sera même excellent à condition que vous ne rajoutiez pas ketchup ni mayonnaise pour moi.

Nouveaux rires. Comme c'est joyeux, les filles ! J'ajoute :

— Inutile de vous presser, on dînera après le passage du docteur.

Elles filent côté cuisine. Je me tourne vers la baie. Ciel demi-deuil. Pourquoi le mot « deuil » m'est-il venu à l'esprit ? Et pourquoi, soudain, cette peine à respirer ?

L'angoisse dans ton regard quand tu m'as menti : trente-huit deux.

Le docteur Lebel s'annonce vingt minutes plus tard par l'intermédiaire du gardien ; il était dans les parages. Une quarantaine d'années, lunettes, cartable de cuir, aspect sérieux-sérieux. Lorsque nous entrons dans la chambre, tu me lances un regard ulcéré.

— Laisse-nous, Jean-Charles. S'il te plaît.

Au salon, le téléphone sonne.

— T'y vas, papa ?

J'y vais. Estelle.

— Pardon de te déranger, Jean-Charles, mais j'essaie de joindre Gaby depuis des heures. Elle a coupé son portable. Je voulais savoir comment elle allait.

La voix est anxieuse.

— Couci-couça. J'ai appelé le médecin. Il vient d'arriver.

— Tu as bien fait. Après ce genre d'intervention, mieux vaut être prudent.

Ce genre d'intervention ? Une alarme sonne dans ma tête. Je m'entends constater, de la voix calme de celui qui est au courant :

— Avec la fièvre qu'elle avait, je n'avais guère le choix.

À l'autre bout du fil, Estelle explose.

— La loi Veil, c'est bien beau. Mais on ne peut pas dire que les bonshommes se bousculent pour l'appliquer. C'est vraiment le parcours du combattant. Si je n'avais pas eu une adresse...

Un étau glacé serre ma poitrine. Je parviens à articuler :

— Ton adresse, j'espère qu'au moins elle était fiable.

— Qu'est-ce que tu crois, J.-C. ? Que j'enverrais Gabrielle à l'abattoir ?

L'abattoir.

— Ça t'ennuierait si je passe. Je me fais quand même du souci. Juste pour l'embrasser.

— Si tu veux.

Je raccroche. Ma main tremble. Dehors, il commence à pleuvoir : ciel-deuil. Le docteur Lebel réapparaît déjà. Il regarde les filles, qui rient en s'activant côté cuisine. Je le rejoins et l'entraîne dans la chambre d'Antoine. Il prend place au bureau de mon fils et sort son carnet d'ordonnances. Il a l'air gêné. Tu as dû lui demander le secret. J'attaque.

— Les infections après une interruption de grossesse, c'est fréquent ?

Il cesse d'écrire et me regarde, étonné. Soulagé ?

— Votre femme m'a dit que vous n'étiez pas au courant.

— Bien sûr que si.

— Pour répondre à votre question, aucune intervention n'est sans risque. Je lui prescris des antibiotiques qu'elle devra prendre dès ce soir et durant cinq jours. Si la fièvre n'était pas tombée demain, emmenez-la à l'hôpital, ce sera plus prudent.

Le ton est sec. À présent, il me croit complice. Je remplis le chèque. En échange, il me donne la feuille de Sécurité sociale, puis se relève.

— Aux États-Unis, il paraît qu'elles font ça à l'heure du déjeuner : une petite aspiration à la place du hot-dog.

J'ai envie de l'injurier. De le prendre par le col de son beau costume et de le foutre dehors, pour ne plus jamais le revoir.

Avant de quitter la chambre, il lève les yeux vers le mobile : les planètes du Petit Prince, offert à son filleul par Marie.

— Sur quelle planète vivons-nous, mon Dieu, s'interroge-t-il sombrement.

Je le raccompagne jusqu'à l'ascenseur sans prononcer un mot. Je me sens injuste.

Sur quelle planète vit ma femme pour avoir fait aspirer notre enfant sans même m'en parler ?

27

Les pommes de terre commençaient à rissoler dans la poêle.

— Alors, qu'est-ce qu'il a dit ? a demandé Ingrid.

— C'est bien une gastro.

J'ai montré l'ordonnance.

— Je descends vite chercher les médicaments avant la fermeture de la pharmacie. Si ta maman appelle, tu lui dis que je reviens.

— Je m'en occupe, papa, t'en fais pas, a répondu ma fille d'un air important. Pour la fête des Mères, c'est bon ?

— C'est bon. De toute façon, les gâteaux, elle n'aime pas trop...

— Ma mère, si, est intervenue Sophie en gonflant les joues, et elles ont ri.

Dans le hall, le gardien m'a arrêté.

— Ça va, M. Madelmont ? C'était pour votre femme, le docteur ?

— Oui, oui. Ça va, merci.

L'officine du passage commercial ne fermait qu'à neuf heures. Je connaissais bien la pharmacienne. C'est moi qui me charge de ce genre de courses.

— Vous avez un malade chez vous, M. Madelmont ? a-t-elle demandé après avoir lu l'ordonnance.

— Ma femme, une gastro.

— Voilà qui devrait vite régler le problème. Il n'y a pas été de main morte, votre médecin.

De main morte.

J'ai tapé le code de ma carte bancaire.

— Et vous, M. Madelmont, vous êtes sûr que ça va ? a demandé la pharmacienne en cherchant mon regard.

— Ça va, merci.

Je suis allé directement dans la chambre. J'ai préparé deux comprimés et te les ai tendus avec un verre d'eau. Tu les as avalés sans rien dire. Tes cheveux collaient à ton front. Comment avais-je pu te trouver belle ?

— Quand as-tu avorté, Gabrielle ? ai-je demandé.

Tu as eu un cri indigné.

— Le salaud ! Bravo pour le secret professionnel.

— Ce n'est pas par le médecin que je l'ai appris, c'est par Estelle. Elle a appelé pour avoir de tes nouvelles. Elle s'inquiétait. D'ailleurs, elle va passer.

Tu as poussé un gros soupir et fermé les yeux. Il y avait eu une faille dans ton plan : l'infection, l'inquiétude de ton amie.

— Tu ne m'as pas répondu : quand ? Et où ?

— Hier à midi. Dans une clinique.

— La fête des Mères ne t'a pas gênée ?

— Je n'avais pas le choix. J'atteignais la limite. Il fallait le faire.

— Sans me demander mon avis ?

— À quoi bon, Jean-Charles ? Tu aurais voulu le

garder, toi ? Tu ne trouves pas que, deux, c'est suffisant ? Vu comment vont les choses ?

— J'aurais simplement souhaité avoir voix au chapitre.

Une idée a soudain explosé dans ma tête.

— À moins qu'il ne soit pas de moi.

Tu as levé les yeux au ciel.

— Mais qu'est-ce que tu vas chercher, là ? Un banal accident de pilule, c'est tout. Si je te trompais, comme tu dis, crois bien que ce serait avec préservatif. Je ne suis pas inconsciente, quand même.

Quatorze ans d'amour sans préservatif. Notre beau gage de fidélité.

— Combien de mois ?

— On ne calcule pas en mois, mais en semaines : sept.

— Fille ou garçon ?

— J'ai préféré ne pas le savoir. Si tu crois que c'était facile, Jean-Charles ! Tu peux me laisser maintenant ? Je suis crevée.

« Mère quand je veux, si je veux. » Et les hommes peuvent aller se faire foutre.

Estelle venait d'arriver. Elle discutait avec les petites. Lorsqu'elle m'a vu, elle a foncé et m'a entraîné à l'autre bout du salon.

— Alors, qu'a dit le médecin ?

— Les antibiotiques devraient faire effet dès demain. Si la fièvre persistait, il faudra l'emmener à l'hôpital.

— Seigneur, espérons que non ! Elle ne voudra jamais.

J'ai désigné les filles.

— C'est une gastro, bien sûr.

— Bien sûr, a-t-elle acquiescé.

— Est-ce que tu me rendrais un service ?

— Vas-y, Jean-Charles.

— J'ai besoin de prendre l'air. Tu peux rester ?

— Pas de problème.

— Ingrid a mon numéro de portable. S'il y avait quoi que ce soit, tu m'appelles.

— O.K.

Son regard était compréhensif. Pour la première fois, une sorte de complicité s'établissait entre nous.

À quel prix.

Je me suis douché dans la salle de bains des enfants. Je me sentais souillé. J'avais envie de jeter mes vêtements, tout jeter, moi inclus sans doute. Cherchant une tenue propre dans le dressing attenant à la chambre, j'ai entendu Estelle te parler doucement.

— Je fais partir les steaks, papa ? a crié Ingrid en me voyant réapparaître. Le tien bien cuit, c'est ça ?

Je suis passé côté cuisine. Les filles étaient adorables dans leurs tabliers qui balayaient le sol.

— Finalement, je ne dînerai pas ici. Je dois sortir. Estelle prendra mon steak.

— Estelle va dormir ici ? Chouette, s'est réjouie Ingrid. Tu vas voir grand-père Hugues, papa ?

Cela m'arrivait de temps en temps : grand-père Hugues était si seul.

Pour éviter de répondre, j'ai déclenché l'indignation des cuisinières en volant une pomme de terre dans la poêle.

— Si tu te brûles, tu l'auras cherché, a protesté Ingrid.

Elle m'a suivi jusqu'à l'ascenseur.

— Sophie a apporté un film. On va se le passer, et demain on fera la grasse matinée. Tu nous réveilles pas, surtout.

— Pas avant cinq heures de l'après-midi, promis-juré.

Ma petite fille a ri. Elle s'est haussée sur la pointe des pieds pour m'embrasser.

— Je t'aime, papa.

J'ai regardé son visage clair, ses yeux de la couleur de ceux de sa mère.

— Reste comme ça, ma chérie, ai-je murmuré.

— Comme quoi ?

— Comme toi.

L'ascenseur arrivait. J'y suis monté. Elle me regardait, désolée.

— Pourquoi tu pleures, papa ?

La porte s'est refermée.

28

— Vous êtes combien, monsieur ? a demandé l'hôtesse en regardant derrière mon épaule.

— Je suis seul.

Elle avait des cheveux châtains mi-longs et de jolis yeux brun doré. Sous le corsage de soie et la jupe, on devinait un corps épanoui. Une trentaine d'années.

— Vous avez de la chance, il reste une table.

Nous avons traversé la salle, en effet pleine : veille de week-end. Il s'en passe des choses, les veilles de week-end, les week-ends de fête des Mères. Cette fois, c'est sur un canapé que j'ai été invité à m'asseoir : un canapé à deux places.

— Dînerez-vous, monsieur ?

J'ai menti.

— Non merci, c'est fait.

Le prix de l'entrée au club était une bouteille de champagne, avait indiqué Arnaud. J'ai pointé le doigt au hasard. L'hôtesse m'a souri et elle est repartie vers le bar.

J'étais venu à L'Oasis sans hésiter. Là où personne ne me demanderait : « Ça va, M. Madelmont ? » Un homme seul, débarquant à dix heures du soir, avec la sale gueule que je devais me payer, ne pouvait qu'aller mal.

« Si tu te brûles, tu l'auras cherché. »

Non, Ingrid. Je ne l'avais pas cherché.

« Bien sûr, nous aurons des enfants ! » Ainsi m'avait demandé en mariage une jeune fille éblouissante. Ébloui, j'avais fait de beaux rêves. On n'enterre jamais ses rêves. Aujourd'hui, avant-veille de fête des Mères, à sept heures et quelques, lorsque Estelle avait parlé d'intervention, ce qui restait des miens m'avait explosé à la gueule.

Je ne détestais plus Estelle. Elle, au moins, ne trichait pas.

Tu avais triché pour la première fois.

L'hôtesse revenait déjà, une bouteille et deux coupes sur un plateau. Deux coupes ? Elle n'en a rempli qu'une, qu'elle m'a tendue.

— Si vous désirez de la compagnie, vous n'aurez qu'à me faire signe. Je m'appelle Samantha.

Elle est repartie. Samantha, la sorcière ?

J'ai bu une première gorgée. Ainsi, tu avais avorté jeudi à l'heure du hot-dog. Je n'avais rien remarqué, le soir. Il est vrai que nous ne nous regardions plus beaucoup.

Sept semaines, ça faisait quand ?

J'ai sorti mon agenda. N'y notais-je pas, autrefois, par une discrète étoile, tes « jours ouvrables » ? Ces soirs-là, c'était fête. Nous arrosions au champagne la santé d'un bébé à venir ; le plus beau du monde, cela allait de soi.

Sept semaines, cela faisait début avril : l'Annonciation. Décidément ! Ce jour-là, tu avais dû avoir une petite envie de baiser ; ça n'arrivait plus tellement souvent que tu sois demandeuse.

À marquer d'une pierre blanche.

À marquer d'une étoile noire.

Sur les canapés voisins, il y a eu des rires étouffés. Deux mignonnes jeunes femmes entouraient des guerriers de pacotille, aux ventres rebondis, aux joues rouges. Deux filles de joie et de plaisir. La musique était une vibration, comme celle d'un cœur souterrain. J'ai bu une seconde gorgée : à la santé du bébé inconnu.

« Tu aurais voulu le garder, toi ? Vu comment vont les choses. »

Probablement pas, en effet. Déjà, avec deux enfants, ça tanguait sérieusement. En mettre en route un troisième aurait été de l'inconscience. Et sans doute, comme toi, aurais-je préféré ne pas connaître son sexe.

J'avais défilé pour le droit à l'avortement, mais parce que tu m'avais interdit le choix, le deuil, voilà que le fœtus prenait corps. Suçait-il déjà son pouce ? Entendait-il la musique de tes films à la télé, la seule que tu prenais le temps d'écouter, et surtout pas de piano, surtout pas Chopin, pas de larmes, terminé l'attendrissement ! Les spécialistes assurent – comme c'est touchant – que le bébé reconnaît la voix de son père dès la conception. Quand tu l'avais fait aspirer, avant-hier, sur la table d'opération d'une obscure clinique, avait-il déjà enregistré ma voix dans un petit circuit de son cerveau en formation ?

Et où va le produit de l'aspiration ? Où avais-je lu qu'on incinérait les fœtus d'enfants mal formés et qu'on en dispersait les cendres dans un coin de cimetière appelé « carré des anges » ?

Parions que le nôtre en serait privé : aucune raison qu'il ait été mal formé.

L'angoisse m'a poignardé. J'ai vidé ma coupe. Samantha s'est approchée pour la remplir. J'ai bredouillé :

— S'il vous plaît, restez.

Elle s'est assise tranquillement à mon côté et a dit :

— J'aimerais connaître votre prénom, monsieur. Seulement votre prénom.

J'ai murmuré :

— Jean-Charles.

Elle m'a tendu la coupe intacte.

— Voulez-vous bien me servir, Jean-Charles ?

J'ai rassemblé le peu de forces qui me restait pour sortir la bouteille du seau et remplir sa coupe, puis la mienne. Elle a eu la délicatesse de ne pas trinquer à la défaite d'un homme. Elle s'est contentée de tremper ses lèvres dans le champagne en fixant sur moi un regard de compassion.

« Laquelle choisis-tu ? » avait demandé Arnaud. Et j'avais répondu : « Une qui sache écouter. » Il n'y avait qu'un ennui, j'étais incapable de parler.

— Vous avez de la peine, Jean-Charles, a-t-elle constaté.

« Certains viennent pour chialer »... La vague a déferlé, incendiant ma gorge, mon nez. Elle a empli mes yeux. Et tant pis si je n'étais pour cette fille qu'un client parmi ceux qui soir après soir, nuit après nuit, pour un moment ou davantage, se payaient ses services. Tant pis si ses sourires, la pitié qu'elle témoignait, faisaient partie du boulot. Je prenais. Les mirages apparaissent à ceux qui meurent de soif. Le plus petit, le plus insignifiant des animaux a besoin de rêver. Privé de sommeil, il crève.

Je crevais.

J'ai senti les larmes rouler sur mes joues. Une main a pris la mienne.

— Si tu veux, on peut monter. On sera plus tranquilles.

Samantha a ajouté :

— Les cartes sont acceptées.

Nous avons terminé nos coupes et je l'ai suivie.

29

Derrière le rideau qu'Arnaud m'avait sans succès proposé de pousser, un escalier menait aux chambres. Je n'avais même pas demandé le prix. Une fille de joie, une faiseuse d'anges, pour les deux, on y laissait forcément sa culotte. Avais-tu payé la faiseuse d'anges avec ta carte, comme je le ferais plus tard pour la fille de joie ?

Ils en avaient de jolis mots, autrefois.

La chambre était assortie à l'hôtesse, sans tapage. Une confortable chambre d'hôtel qu'aurait appréciée n'importe quel touriste. En existait-il d'autres, au décor plus hard ? Avec des glaces au plafond, des tentures cramoisies, pourquoi pas des instruments de torture puisqu'il existe des petits garçons qui ont besoin d'être humiliés par des femmes parce qu'ils ne parviennent pas à être des hommes fiers de l'être.

Ma tête tournait : trois coupes et un petit bout de pomme de terre en guise de dîner, c'est court.

J'étais assis au bord du lit. Samantha retirait mes chaussures. Elle n'avait allumé qu'une lampe à abat-jour plissé, sur une table près de la fenêtre. Derrière les voilages, on entendait la pluie tomber. C'était bien, c'était comme il fallait.

Ma femme et moi venons de rentrer après avoir visité la ville. Nous sommes heureux de nous retrouver au sec. Nous allons nous reposer un peu. Peut-être ferons-nous l'amour. Cela n'a pas vraiment d'importance. L'important, c'est d'être ensemble.

Me retirant ma chemise, découvrant la toison sur ma poitrine, Samantha a ri en y passant une main légère.

— Les jeunes n'ont plus de poils comme ça. Et certains en ont honte.

La fourrure Madelmont. Il y avait de cela un siècle, je l'avais promise à mon pilote. Une chance qu'il n'ait pas été à la maison ce soir. Avec son flair imparable, il aurait été fichu de sentir les turbulences et qui sait s'il n'aurait pas demandé à m'accompagner chez « grand-père Hugues ». Ne serait-ce que pour lui faire admirer une photo destinée à la fête des Mères.

J'étais nu. À son tour, Samantha se dévêtait. Elle avait des seins un peu lourds, qui me plaisaient ainsi. Dans un mirage, tout est trop parfait, on ne peut pas vraiment y croire et, si l'on en revient, c'est plus assoiffé encore. Son ventre était un ventre de mère, légèrement renflé. Avait-elle porté des enfants ? Sa toison était sombre, épaisse, naturelle.

Ma femme va bientôt me rejoindre au lit. Avec elle, j'ai le droit de tomber le masque, de me montrer tel que je suis. Je peux même chialer si l'envie m'en prend. Avec elle...

Le regard de Samantha m'interrogeait : « Que veux-tu ? » Le rouge sur ses lèvres, seule note appuyée de son maquillage, indiquait l'unique limite à mes désirs. Je n'essaierais pas de franchir l'interdit pour ne pas m'exposer à un refus qui ferait éclater le mirage.

Quand avais-tu cessé de m'embrasser avant l'amour, Gabrielle ? Quand étais-tu allée droit au but comme les putes qui ne donnent que leur sexe, réservant leurs lèvres à celui auquel elles appartiennent vraiment ?

Samantha a vite renoncé à me caresser. Des soldats au fusil sans munitions, des guerriers vaincus, des hommes à terre, elle avait dû en voir passer plus d'un. Elle s'est étendue à mes côtés, elle a logé ma tête dans son épaule et posé ma main sur ses seins.

— On a tout le temps. Toute la nuit si tu veux.

J'ai fermé les yeux.

J'ai retrouvé ma femme après un long et douloureux voyage. Comme elle m'a manqué. Comme j'ai attendu ce moment où je pourrais enfin respirer librement. À vrai dire, je n'y croyais plus.

On a tout le temps.

La tête dans son épaule, je caresse longuement ses seins imparfaits, l'un, puis l'autre, pas de jaloux.

On a tout le temps.

Je laisse descendre ma main sur son ventre. C'est de cette fleur en creux, dans son centre, que part le pédicule qui relie l'enfant à sa mère. J'en fais le tour, je m'y engage un peu. C'est par là qu'elle le nourrit.

On a tout le temps.

Ma main descend vers le petit bois, mes doigts fouillent la mousse, se prennent dans les vrilles, les douces boucles qui protègent la source. Ils ouvrent délicatement les lèvres du territoire autorisé entre lesquelles se dresse le tendre pic de chair que j'humecte pour mieux l'émouvoir.

Samantha a murmuré.

— Toi, tu es un gentil, Jean-Charles. Il y en a qui vous font mal.

Je n'étais que l'un de ces hommes que certaines connes enferment parmi les prédateurs, alors qu'ils ne sont que des petits garçons qu'une rose fait trembler parce qu'elle dit la tendresse.

On a tout le temps.

Je me suis dégagé de l'épaule maternelle pour refaire le chemin avec ma bouche d'homme assoiffé. Mamelons, fleur en creux, petit bois. J'ai senti l'odeur de mer. J'en ai goûté le sel.

Lorsque Samantha m'a enfilé le préservatif, j'ai rompu un très ancien serment et su que je ne te toucherais plus.

« Le top qu'offrent certaines est de faire semblant de jouir », avait dit Arnaud. Samantha m'a accompagné en poussant de légers soupirs. J'ai même cru l'entendre dire oui.

Vous appelez « point G » l'épicentre de votre plaisir. J'ignore comment se nomme le moment où les hommes atteignent la crête. Rien ni personne ne pourra plus arrêter la vague de la jouissance. Durant un instant qu'ils voudraient voir durer toujours, ils lui sont totalement soumis. Balayées, la peur, l'angoisse, la solitude. C'est elles qu'ils versent, avec leur semence, dans le ventre des femmes. Et c'est la reconnaissance qui, après, leur fait parfois dire : « Je t'aime. »

Le « top », ce n'est pas en simulant le plaisir que Samantha me l'a offert, mais en me gardant dans ses bras, un long moment, la vague passée, pour me permettre de reprendre pied, me murmurant de tendres mensonges, berçant ma peine.

30

Il est sept heures, Marie s'éveille.

Un filet de lumière filtre entre les fentes des volets. J'ai fermé fort les yeux et les ai rouverts pour m'en convaincre. J'ai eu si froid, Marie, en t'attendant. Je t'attends depuis si longtemps.

Trois heures sonnaient au clocher de Chaville lorsque je me suis garé dans la ruelle obscure en face du Colombier. Il me semble n'avoir pas dormi depuis.

La pluie vient de cesser. La lumière d'un lampadaire fait reluire les ardoises du toit. J'ai abaissé la vitre de la voiture afin d'entendre s'égoutter les arbres, crépiter le jardin. Le cri des oiseaux a la limpidité de ricochets sur un lac de montagne.

Et voici que ce sont les vasistas du grenier qui s'éclairent. Au tour des garçons de se lever. Ils ont classe le samedi matin, ce qui les fait enrager : impossible d'envisager un saut à Naves les fins de semaine.

À présent, c'est la cuisine qui s'est allumée. Derrière les rideaux « bonne femme », cette maman qui s'active, c'est toi. Préparation du p'tit déj' avant le départ des braves.

Courage, les garçons. Vous avez en réserve le plus

beau des cadeaux à offrir à votre mère : une fabuleuse note au bac de français. J'en prendrai une petite part.

Lorsque la porte d'entrée s'est entrouverte, je me suis instinctivement recroquevillé sur mon siège. Ce n'était que pour laisser passage à Miro. Le chat noir s'est longuement étiré, puis il a inspecté son territoire avant de descendre impérialement les marches du perron. Me sent-il là ? Chut, Miro, ce n'est qu'un clandestin venu quémander un peu de chaleur.

Trois ombres circulent à présent dans la cuisine, d'où montent des bruits de voix, des cliquetis de vaisselle. Pour les odeurs, c'est dans l'enfance que je vais les puiser : pain grillé, chocolat.

Huit heures moins le quart. Dans la tour bleue, les filles doivent encore dormir. Estelle est-elle levée ? Comment s'est passée ta nuit, Gabrielle ? Mon portable n'a pas sonné, bon signe. Estelle ne dira pas à Ingrid que son père a découché. Donnant-donnant, je ne dirai pas à ma fille à quoi était due la fièvre de sa mère.

Cette fois, la porte d'entrée s'ouvre en grand et apparaissent deux lascars casqués. Je me tasse sur mon siège. Du haut des marches, ils regardent la chaussée mouillée, et la voix un peu grinçante d'Arthur s'élève :

— Ça va patiner...

Sans doute leur lances-tu de la cuisine : « Soyez prudents » ? Ou, tout simplement : « À midi », car ils se retournent pour te répondre. Miro en profite pour rentrer. Ils dégringolent les marches, sortent leurs motocyclettes du garage et filent sans me voir.

Soyez prudents, les garçons !

Tu es restée une vingtaine de minutes à la cuisine. As-tu repris une tasse de café ? Écouté les nouvelles ? Ou simplement fait du propre ?

Parviendrai-je un jour à faire du propre dans ma vie ?

Cette nuit, Marie, comme on porte aux urgences un corps, un cœur en danger, je me suis payé une fille de joie, une fille de chagrin, sans savoir que c'était toi que je cherchais. Je suis venu te demander pardon.

La lumière s'est éteinte dans la cuisine. À la fenêtre du premier, tu as poussé les volets en te penchant à droite, à gauche, pour relever le petit bonhomme en fonte qui les fixe au mur. Dans ta maison, c'est la paix. Dans ma tour souffle la tempête. J'espère en réchapper. Si j'y parviens, cela ne pourra être que grâce à toi. Le voudras-tu ?

Tu portais un tee-shirt avec un soleil dessus. Tes boucles châtaines buissonnaient allègrement autour de ton visage, offert comme une fleur au clandestin assoiffé d'amour : une rose, peut-être ?

Tu as levé les yeux pour lire le ciel et tu lui as volé une gorgée d'air. Tu souriais. Il m'a semblé que c'était à moi.

Bonjour, Marie. Je t'aime.

QUATRIÈME PARTIE

Un homme et une femme

31

Antoine a quinze ans, du duvet blond aux joues et au menton. Sous le tee-shirt d'Ingrid, bientôt onze ans, pointent deux adorables bourgeons. C'est à son tour de s'enfermer dans la salle de bains et de hurler lorsqu'on ose entrer sans frapper dans sa chambre. J'ai dépassé la quarantaine. Tu auras bientôt trente-sept ans.

Lorsque, l'an dernier, au lendemain de la fête des Mères, j'ai placé une table entre nos lits, tu as lancé avec défi :

— C'est une séparation de corps ?

Comme je ne répondais pas, tu as ajouté :

— Tu imagines peut-être que je vais passer le reste de ma vie comme une bonne sœur ?

— Je ne te le demande pas.

Ta fièvre était tombée, mais tu avais encore les traits tirés. Un éventail de ridules marquait le coin de tes yeux. De chaque côté de ta bouche, un pli amer se creusait. Soudain, j'ai éprouvé un sentiment de pitié. C'était la première fois ; ce n'était pas désagréable.

Tu t'es assise ostensiblement sur le bord de mon lit.

J'avais laissé la couette sur le tien ; j'ai toujours préféré les draps.

— Au point où nous en sommes, ne penses-tu pas qu'il serait plus simple de divorcer, Jean-Charles ?

Tu reprenais l'offensive, mais il y avait une fêlure dans ta voix : tu n'as jamais supporté les échecs.

Je suis allé prendre sur la commode l'album offert par Ingrid la veille : « Les vacances de la famille Souris ». Sur la couverture, papa Souris, maman Souris, Souricette et Souriceau se tenaient par la queue, de beaux nœuds marquant les liens.

— À moins que cela ne te paraisse trop difficile. Il serait mieux de tenir encore un peu pour les enfants.

— Si tu le vois comme ça.

Tu t'es relevée.

— On n'aura qu'à leur dire que tu ronfles.

Taupinet est le petit dernier d'une famille de taupes qui vit heureuse dans ses galeries, sous le gazon bordant les pistes d'un aéroport. Sa naissance a eu lieu au son de l'envol du Concorde. Il a grandi, bercé par les décollages. Malgré sa myopie congénitale, il n'aime rien tant que jouer aux régulateurs du ciel, diriger les armadas dont l'éblouissant scintillement le transporte. Taupinet s'est promis de voler lui aussi un jour et il attend avec impatience que les ailes lui poussent. Bien sûr, ce n'est que quolibets autour de lui ; il a droit à tous les noms d'oiseaux.

Cela ne lui déplaît pas.

Le héros du premier album de Marie a fait un tabac auprès des enfants ; lequel n'a rêvé de voler ? Cela arrive même aux adultes.

« Au pilote qui m'a prêté son décor », a écrit Marie dans sa dédicace. Il m'a semblé n'avoir jamais reçu aussi précieux cadeau. Était-il possible que j'aie eu une petite part dans l'inspiration de ma créatrice ?

Emmêlant tout, le romantique que je suis a vu la fleur sur la planète du Petit Prince, il en a fait cette rose qu'offrent parfois les femmes aux hommes. « Tâche d'être heureux, je t'aime », dit la fleur de l'histoire.

J'ai demandé, en essayant d'être léger :

— Les ailes pousseront-elles un jour à Taupinet ?

— Mais il le faudra bien, a répondu Marie avec le plus grand sérieux.

Le second album sortira avant l'été.

Double réussite au bac pour les jumeaux. Arthur, mention bien. Il a commencé ses études de médecine à Limoges. Martin, lui, a décidé d'apprendre le métier de feuillandier. Le feuillandier fabrique les liens en bois de châtaigner qui cerclent certaines barriques d'alcool. Il en existe encore quelques-uns en Limousin. Il est entré en apprentissage à Tulle.

— Mais tu es folle de le laisser s'engager là-dedans, t'es-tu exclamée quand Marie nous a expliqué le choix de ton filleul. Qui utilise encore de telles barriques ? Il n'aura aucun débouché.

— L'essentiel est qu'il se plaise dans ce qu'il aura choisi, a rétorqué Marie. Martin est un manuel. Si ça ne marche pas, il trouvera autre chose. L'artisanat est très vivace dans la région.

Le départ de ton amie pour Naves t'a beaucoup

affectée. Depuis l'adolescence, vous aviez toujours vécu l'une près de l'autre.

J'ai aidé au déménagement, qui a eu lieu la dernière semaine d'août. Les garçons nous avaient précédés avec les meubles. Un samedi à l'aube, nous avons fermé la maison, emportant dans une camionnette de location les objets fragiles, dont une collection de mobiles.

Voyant sur la fenêtre du premier, celle de ta chambre, Marie, le panneau À VENDRE, en lettres rouge sang, mon cœur en épousait la couleur.

Avant de monter dans la voiture, tu t'es retournée.

— Il y aura eu du bonheur, ici, as-tu dit.

— Il y en a partout où tu passes, ai-je répondu.

Lorsque, durant le trajet, tu m'as appris que Gabrielle t'avait mise au courant de son interruption de grossesse, je n'ai pu réprimer un mouvement d'humeur.

— Décidément, j'aurais été le dernier à le savoir.

— Ne crois pas ça, Jean-Charles. C'était fait lorsqu'elle m'en a parlé. Cela n'a pas dû être facile pour toi.

— Ce qui a été difficile, c'est qu'elle ne m'ait pas demandé mon avis. Même si je n'imagines pas comment j'aurais pu m'y opposer.

Gabrielle t'avait-elle raconté également que j'avais séparé nos lits ? Que je ne la touchais plus ? Comme toujours, il m'a semblé que tu savais. Comme toujours, je ne me suis pas permis de te confier mes sentiments vis-à-vis de ton amie, ou, plutôt, de leur disparition.

À propos de la « séparation de corps », Ingrid s'était

étonnée bruyamment de la nouvelle disposition de la chambre. Monsieur Souris lui avait expliqué qu'il lisait parfois tard le soir, ce qui empêchait madame Souris de dormir.

Souriceau, lui, n'avait rien demandé.

Nous nous sommes arrêtés en route pour déjeuner. Ta gourmandise m'émerveillait. Gabrielle picorait, toi, tu profitais de tout. Tout ce qui venait du sol. Partirions-nous un jour en voyage ensemble ? Quand me sentirais-je le droit de te dire que je t'aimais ?

Le romantique aurait pu déclarer : depuis toujours.

Je t'avais aimée à Neuilly avant de te connaître, à travers la frise « Gabrielle-la-Pharaonne » que tu avais dessinée sur les murs de sa chambre, la seule note de gaieté dans un appartement glacé.

J'avais aimé ton clin d'œil complice quand Gabrielle nous avait présentés : « La petite Marie »... « L'homme de la montagne »... Comme si tu me prenais dans ton camp. Et peu à peu tout le reste : ta tendresse, ta générosité, ton courage quand Denis s'en était allé.

J'aimais que tu sois petite, un peu ronde, fraîche comme l'eau vive, avec des façons de jeune fille plutôt que de femme dans tes vêtements tout simples, très colorés, rigolos parfois, à l'image de tes personnages.

Depuis qu'un jour, à Nice, j'avais – pouvait-on dire « grâce » à Antoine – dû admettre que l'amour était mort entre la pharaonne et son sujet, je ne respirais bien que lorsque je te voyais. Comment allais-je vivre à présent sans toi ?

La nuit tombait lorsque nous sommes arrivés dans la cour de la ferme du grand-père. Ainsi appelait-on celle-ci, bien qu'il soit mort. Ainsi continuait-il à s'inscrire entre ses murs.

Toute la famille est sortie pour t'accueillir. La joie de voir la brebis revenir au bercail éclatait sur les visages et, quand ta mère m'a embrassé, j'ai senti de l'humidité sur ses joues.

Après le dîner, à la fenêtre de ma chambre qui fleurait bon le bois et le tissu tapissant, comme, à la Treille, les étagères de la haute armoire, j'ai longtemps écouté ce que me soufflait la nuit.

Tu dormais dans la chambre voisine, il me semblait percevoir ta chaleur, et mon corps, en pénitence depuis la soirée à L'Oasis, se tendait douloureusement vers le tien. Que dirait la rose au pilote s'il frappait à sa porte et lui exprimait le désir qu'il avait d'elle ? Elle, dans sa totalité.

Je me suis souvenu de la promesse que je m'étais faite lors de son apparition à ta fenêtre du Colombier, ce matin d'automne, tandis que le soleil effaçait la pluie, que renaissait l'espoir : je ne te prendrais dans mes bras qu'après t'avoir avoué ce qui s'était passé avec la fille de joie et de chagrin.

Car ce n'était pas Gabrielle que j'avais trompée cette nuit-là. C'était toi.

32

Debout sur la mer agitée, Jésus a saisi la main de Pierre. Au loin, on aperçoit des hommes pressés les uns contre les autres sur une barque aux voiles entre-croisées. De dangereux rochers affleurent. La lumière des projecteurs donne des reflets de miel sombre aux creux et aux volutes que forment les vagues.

« Viens, n'aie pas peur », a ordonné Jésus à Pierre, et Pierre a marché sur les eaux. Mais, devant la violence du vent, il a cru couler, il a crié : « Seigneur, sauve-moi ! » « Homme de peu de foi », a dit Jésus.

Ai-je la foi ?

J'ai suivi Marie et sa mère à la messe dominicale de neuf heures et demie en l'église Saint-Pierre-ès-Liens au si beau retable. Il y a un peu plus de deux ans, nous y faisions nos adieux à Denis. C'était le printemps, et l'église était pleine de larmes. C'est l'automne, et la chorale des enfants de Tulle chante la vie avec des accents de cristal.

À Hugues, qui m'avait demandé si j'étais croyant en apprenant ta décision de ne pas te marier à l'église, j'avais répondu : « Entre les deux. » Un jour « peut-être », un jour « non ».

Nous devons être le jour « peut-être », car voici que je réclame à saint Pierre d'accomplir un miracle pour moi : me faire aimer de la petite bonne femme qui prie à mes côtés. Quand on a marché sur les eaux et guéri le paralytique, on peut bien accéder au vœu d'un pauvre mécréant qui ne demande qu'un peu d'amour. Et vous voyez bien qu'elle croit pour deux, saint Pierre !

L'office terminé, avec des airs mystérieux, tu m'as entraîné à travers champs jusqu'à la maison dont on apercevait le toit de la ferme du grand-père.

C'était une bâtisse trapue de paysan : pierre brute et ardoise, flanquée de deux granges-étables.

— La mienne bientôt, as-tu annoncé.

Le propriétaire était mort quelques mois auparavant. Son fils et unique héritier ne voulait pas la garder. La vente du Colombier te permettrait de l'acquérir et d'y faire les travaux nécessaires. Tu t'apprêtais à signer chez le notaire.

La maison était en bon état, mais les granges étaient délabrées.

— Chaque garçon réclame la sienne. Ils s'y voient déjà avec leurs nombreux enfants, t'es-tu émue. Sitôt que j'aurai les sous, nous les remettrons en état. N'oublie pas que, chez les Colombelles, tous les corps de métier sont représentés. Ce sera la fête. Tu viendras ?

— Tout le temps, ai-je répondu. Et j'ai bien l'intention d'ajouter une troisième grange pour moi.

Tu as ri et m'as fait visiter les lieux. Au rez-de-chaussée, la vaste cuisine classique, avec évier en grès et cheminée, ainsi que la « pièce à montrer » dont tu ferais ton atelier. Trois chambres à l'étage.

De la fenêtre de celle que tu t'étais choisie, on apercevait le ruban argenté d'une rivière.

— Elle s'appelle la Vigne, m'as-tu appris. On pourrait donner son nom à la maison.

Mon cœur a battu. Avais-je bien entendu ? Avais-tu dit « on » ? Étais-je inclus dans la famille ?

Quoi qu'il en soit, saint Pierre m'adressait un clin d'œil. N'étais-je pas né à la Treille ?

Un petit bois de chênes et de hêtres clôturait le tout. Pour certains, le chêne est une religion : l'Ardennais et la Corrézienne partageaient déjà celle-là.

Nous sommes restés longtemps accoudés à ta fenêtre. La chaleur de ton épaule se communiquait à la mienne, les odeurs qui montaient de ta chemisette entrouverte me faisaient tourner la tête comme à un étudiant. Je te désirais si fort, ma chérie. Ma chérie.

Qu'adviendrait-il si là, maintenant, je te prenais dans mes bras et, les yeux fixés sur ce paysage que je sentais nôtre, je mettais mon cœur au propre avant de te dire que je t'aimais ? Comme une urgence m'y poussait : c'est l'heure, ne la laisse pas passer.

« N'aie pas peur », avait dit Jésus à son apôtre. Pour toi, je n'aurais pas craint de marcher sur les eaux, mais j'avais choisi de continuer encore un peu avec Gabrielle. Et hier, sur ta table de nuit, j'avais remarqué la photo de Denis avec celle des garçons.

J'ai laissé passer l'heure.

Une longue route m'attendait pour rentrer, aussi avons-nous déjeuné tôt. La veille, des parents éloignés s'étaient invités au dîner de retrouvailles ; aujourd'hui, seule la famille était présente et, ne serait-ce l'absence du rond de serviette à mon nom, il m'a semblé en faire partie.

— Merci pour tout. Revenez vite, a chuchoté ta mère en m'embrassant avant le départ.

Ton père m'a serré la main.

— À bientôt, Jean-Charles.

Les jumeaux ont désigné les bûches empilées contre le mur de la ferme.

— Ils rangent ça n'importe comment, ici. Quand on aura la maison, il faudra que tu viennes nous aider. Avec Antoine, surtout.

Je les aimais tant, eux aussi.

Me raccompagnant à la camionnette, Marie a simplement dit :

— Tu vas nous manquer.

Je tire chaque jour de ces mots la goutte de rêve qui me permet de vivre. Et, d'une fenêtre sur la Vigne, un instant de bonheur qui dure encore.

33

Vacances de Pâques : quinze jours pour les enfants. Ingrid est partie hier pour un stage d'équitation près d'Auxerre. Notre fille aime tous les sports : « Une fonceuse », admire son professeur d'éducation physique.

Nous souhaitions inscrire Antoine à une école de voile – lui, c'est la mer –, mais aucun argument n'est venu à bout de sa résistance. Pas question qu'il soit séparé de Boris, son nouvel ami.

Avec son physique à la Laurent Terzieff et sa passion pour le spectacle, Boris Navikov a fait une entrée fracassante dans la classe de notre fils, la quatrième, en janvier dernier.

Père comédien, mère peintre, nouvellement installés dans un hôtel particulier de Boulogne où un local a été aménagé au sous-sol afin qu'il puisse jouer de la batterie sans gêner le voisinage.

Ses parents étant la plupart du temps en tournée, Boris est vaguement chaperonné par une tante slave pour qui l'art compte plus que tout. Et permet tout ? Antoine ne jure plus que par lui, Ingrid le trouve fascinant. Pour une fois, le frère et la sœur sont d'accord.

Nous sommes plus réservés.

Non que Boris soit mauvais élève, au contraire. Et il est extrêmement bien élevé. Mais il prend volontiers la nuit pour le jour, et nous devons lutter pour que notre fils ne passe pas tous ses loisirs chez lui. Comme dans la tête de nombreux parents, le mot « drogue » rôde dans la nôtre. Et drogue et musique ne font-ils pas bon ménage chez les ados ?

Par ailleurs, tout en m'interrogeant sur les raisons qui ont rapproché mon sauvage pilote et le batteur extraverti, je me réjouis qu'Antoine se soit retrouvé un ami après la perte de Malo et de Julien.

En fin de trimestre, le directeur de l'école privée que nos deux enfants fréquentent depuis des années a demandé à nous rencontrer. C'est un homme affable et direct que nous apprécions. Il a regretté que tes horaires ne t'aient pas permis de m'accompagner.

Il voulait me faire part de son inquiétude au sujet de notre fils. Alors que, jusque-là, Antoine s'était maintenu dans une moyenne honorable, depuis la rentrée ses notes s'effondraient. Il semblait se désintéresser totalement de ses études, ainsi que ses carnets scolaires avaient dû nous l'indiquer. Nous les signions tous les deux.

— Avez-vous eu l'occasion d'aborder le sujet avec lui ?

— J'ai essayé. Mais, à cet âge, le dialogue n'est pas toujours facile.

Le directeur s'est éclairci la gorge.

— Et à la maison, cela se passe comment ?

Pouvais-je lui raconter nos difficultés ? J'ai répondu :

— Correctement.

Il n'a pas insisté.

Je l'ai interrogé sur Boris et l'éventuelle influence que celui-ci pouvait exercer sur Antoine.

— Boris Navikov est l'un de nos meilleurs élèves, a-t-il répondu. Sa passion pour la musique ne l'empêche nullement de travailler. Nous l'avons d'ailleurs autorisé à créer son groupe au collège.

À mon tour, je me suis éclairci la voix.

— Ma femme et moi, nous nous posons des questions sur la drogue.

— Soyez sûrs qu'elle ne circule pas à l'intérieur de nos murs. Nous nous montrons très vigilants à ce sujet. Mais, à l'extérieur, nous sommes impuissants. Et, comme vous le savez, tous les enfants ou presque s'en voient proposer un jour ou l'autre. Nous nous efforçons de les mettre en garde. Nous ne saurions trop conseiller aux parents de faire de même.

Plus qu'un conseil. Une injonction.

Lorsque je t'ai raconté l'entretien et que je t'ai suggéré que nous parlions à Antoine pour lui montrer que, sur ce sujet du moins, nous marchions ensemble, tu as eu la même réponse que lorsque je t'avais demandé de m'aider à le convaincre d'effectuer un stage de voile.

— Pas question. Débrouille-toi avec lui. Déjà, avec mon boulot, j'ai à peine le temps de profiter de mes enfants, alors, si c'est pour jouer la mère Fouettarde...

Autrefois, c'était l'expression « père Fouettard » qui prévalait : ceux à qui leur épouse, leur femme à la maison, réclamait de montrer leur autorité lorsqu'ils rentraient du travail.

Renversement des rôles ?

J'ai décidé de parler ce soir à mon fils.

Mon programme a semblé lui plaire : cinéma, puis restaurant au Quartier latin. C'est lui qui a choisi le film : *Taxi*. J'aborderai le sujet brûlant durant le dîner, en espérant qu'il ne me coupera pas d'emblée. J'ai la pénible impression de l'attirer dans un piège.

Si, avec toi, il manifeste une franche hostilité, à mon égard, c'est le plus souvent un silence buté. Avec parfois, dans son regard, une nuance dont j'ai du mal à prononcer le nom tant elle me paraît blessante.

Le mépris.

Nous sommes convenus qu'il viendrait me chercher au ministère à six heures et demie. Voilà plus d'une heure que je l'attends dans le hall. À deux reprises, j'ai tenté de le joindre sur son portable et je suis tombé sur sa messagerie. Aucune nouvelle de lui sur la mienne.

Impossible qu'il ait oublié notre rendez-vous. Quand je suis parti ce matin – il dormait encore –, je lui ai laissé un mot sur le bar pour le lui rappeler.

Sept heures un quart. C'est fichu pour le film. Je me résigne à rentrer. Une sourde inquiétude m'étreint.

Dans le hall de la tour, j'interroge le gardien : a-t-il aperçu notre fils ?

Il l'a vu, en effet, rentrer vers deux heures. Et ressortir presque aussitôt.

Le perroquet est déplumé : personne à la maison. Mon mot a disparu du bar. La porte de la chambre d'Antoine est grande ouverte, fait rarissime. Plus rarissime encore, son portable, oublié sur son lit. Voilà pourquoi il ne répondait pas. Cet oubli, à la fois, m'inquiète – Antoine est totalement soumis à la « laisse électronique » – et me rassure. Il ne va pas tarder à venir le récupérer.

Comme je regagne le salon, l'ascenseur s'y arrête. Je me précipite.

— Antoine ?

Ce n'est pas lui, c'est toi.

Nous nous regardons, aussi surpris l'un que l'autre. Il n'est pas huit heures, jamais tu ne rentres si tôt. Tu me croyais au cinéma avec Antoine.

J'explique.

— Il n'est pas venu au rendez-vous. Comment le contacter ? Il a oublié son portable dans sa chambre : une première !

Tu fermes une seconde les yeux et, sans répondre, tu vas vers la baie. Je te suis. Ciel éclatant d'avril, aucun nuage à l'horizon. Ciel trompeur.

— Que se passe-t-il, Gabrielle ? Tu sais où il est ?

Très lentement, tu te tournes vers moi et, dans ton regard, je lis la panique. J'attrape ton poignet.

— Mais parle, Gabrielle. Il est arrivé quelque chose ?

Tu te dégages avec un gros soupir.

— J'aurais préféré que tu l'apprennes autrement, Jean-Charles. C'est Luigi. Luigi et moi. Antoine nous a surpris ensemble.

Je reste sans voix, refusant d'y croire.

— Luigi avait envie de connaître l'appart', reprends-tu. Antoine déjeunait avec Boris. Je ne pensais pas qu'il rentrerait si tôt. Nous étions dans la chambre...

— En train de baiser ?

J'ai crié. Tu te détournes.

— Luigi est parti tout de suite. Lorsque j'ai voulu aller expliquer à Antoine, il n'était plus là.

« Il est rentré vers deux heures et ressorti presque aussitôt », a dit le gardien.

Ma fureur explose.

— Lui expliquer quoi, Gabrielle ? Pourquoi sa mère s'envoyait en l'air ? À domicile et avec un petit jeune ?

Tu soupires à nouveau et relèves la tête.

— Je t'en prie, Jean-Charles. Essayons plutôt de le retrouver.

Depuis combien d'années n'avais-je pas vu de larmes dans tes yeux ?

34

Le numéro de Boris était dans le répertoire du portable d'Antoine. Le garçon a répondu tout de suite. On pouvait entendre de la musique derrière lui.

Ils avaient déjeuné ensemble d'un grec, sandwich à la viande, à Puteaux. Tout de suite après, ils s'étaient séparés, Boris pour retrouver son groupe, Antoine pour rentrer à la tour bleue. Il avait parlé de notre soirée commune à Boris et semblait s'en réjouir.

— Tu n'as pas eu de nouvelles depuis ?

— Aucune, monsieur. Qu'est-ce qui se passe ?

Je me suis contenté de lui apprendre qu'Antoine n'était pas venu à notre rendez-vous et qu'il avait oublié son portable à la maison. S'il prenait contact avec lui, Boris pourrait-il nous en avertir tout de suite ?

— Bien sûr, vous pouvez compter sur moi, je comprends. Il est... si sensible, a-t-il répondu.

Était-ce cette sensibilité qui avait attiré l'artiste vers mon fils ? Je l'ai remercié avec chaleur. Voici que, après nous avoir inquiétés, Boris devenait un recours.

— Ça sent le fauve, as-tu déclaré d'une voix sourde en pénétrant dans la chambre d'Antoine, avant d'aller ouvrir la fenêtre.

La femme de ménage avait interdiction d'y entrer tant qu'il n'y ferait pas un minimum d'ordre et, comme le disait Ingrid, c'était le souk intégral. J'ai retrouvé, sur le bureau, le mot que j'avais laissé ce matin à la cuisine. « Il semblait se réjouir de votre soirée », m'avait confié Boris. Mon cœur était comme un poing serré. Comment avais-tu osé, Gabrielle ?

Avec une exclamation, tu as pêché une petite boîte en fer au creux de la couette. Elle était vide.

— C'est là qu'il garde son argent du mois, as-tu indiqué.

— Sais-tu combien il avait ?

— Aucune idée. Mais Ingrid n'arrête pas de le traiter de radin.

Elle, son argent du mois, elle le dépensait tout de suite en sucreries ou en colifichets. Antoine économisait pour s'acheter une console vidéo. Avec quelle somme était-il parti ? Pour aller où ?

— Si on appelait la police.

— Ils ne bougeront pas avant quarante-huit heures. Ils te diront que quatre-vingt-dix pour cent des fugueurs reviennent dans la semaine, as-tu répondu sombrement.

Le petit fauve n'avait pas été enlevé. Il n'avait pas été victime d'un chauffard. Il avait fugué après t'avoir surprise au lit avec ton amant.

— J'appelle Marie, as-tu décidé.

Tu t'es enfermée dans la chambre, la chambre du

crime – on peut assassiner l'innocence. J'ai levé les yeux vers les planètes du Petit Prince, cadeau de Marie pour sa naissance. Neuf mois déjà qu'elle était retournée au pays : pour elle, une renaissance ? Elle habitait sa maison. Les travaux avaient commencé dans les granges. J'y étais allé deux fois en emmenant Antoine, étonné que tu ne soulèves pas d'objection. Cela te libérait-il pour Luigi ?

Ton récent achat d'une Alfa Roméo décapotable, au moteur « débridé », selon ton expression, avec laquelle tu te rendais fréquemment en Italie, avait, certes, éveillé mes soupçons. Mais j'aurais plutôt parié sur Vittorio. Luigi avait dix ans de moins que toi. Plus « vigoureux », comme le Rodrigue d'Estelle ?

Luigi ou Vittorio, peu m'importait. Mais jamais je ne te pardonnerais de l'avoir introduit dans la chambre voisine de celle de ton fils. Avait-il entendu tes soupirs ? Tes cris ?

J'ai refermé la porte du petit fauve blessé, puis je me suis servi un whisky à la cuisine. Où se cachait-il ? Pour quelle urgence, le « radin » avait-il vidé sa tirelire ?

« Quand le père souffre, le fils déguste », avait constaté Brigitte.

Et ces autres mots, un peu plus tard, lancés comme un avertissement : « N'est-ce pas dans les petits Airbus que l'on teste le moteur des gros ? »

Je n'avais pas compris. La signification m'éclatait à la gueule.

Le petit Airbus : Antoine.

Le gros-porteur : moi.

Un moteur avec des ratés, un moteur de raté, un petit qui explosait.

— Marie t'embrasse très fort, as-tu dit en réapparaissant, la mine sombre. Je me suis fait passer un savon. Si on a des nouvelles, on doit la rappeler à n'importe quelle heure. Elle arrive par le premier train demain.

Dans ma détresse, une lumière a clignoté : Marie venait.

— Tu n'as pas envie de savoir ce qu'elle m'a dit ?

— C'est inutile. Nous avons généralement la même vision des choses. Irresponsabilité et égoïsme me paraissent les mots adéquats.

Tu t'es cabrée, me donnant raison. Marie aimait beaucoup Antoine ; elle n'avait pas dû être tendre. Et jamais encore je ne t'avais parlé ainsi.

Tu as ouvert le réfrigérateur et tu t'es servi un verre de vin blanc.

— Finalement, c'est elle que tu aurais dû épouser. Sainte Marie et Jean-Charles le martyr... Un couple parfait !

La fureur m'a submergé : ce mépris ! Je t'ai fixée droit dans les yeux, j'ai détaché mes mots.

— Tu as raison, Gabrielle, Marie et moi étions faits l'un pour l'autre. Malheureusement, elle n'était pas libre lorsque tu me l'as présentée.

Tes yeux se sont agrandis. Tu es restée quelques secondes pétrifiée. Je t'apprenais que j'aimais ta meilleure amie. En soutenant ton regard, j'ai confirmé.

Dans le salon, le téléphone a sonné. Tu n'as pas bougé. J'ai couru, le cœur battant. Boris ?

— Bonsoir, Jean-Charles, a dit Hugues. Je vous appelle de Nice. Antoine est chez moi.

Le soulagement m'a vidé de toutes mes forces, de toute colère. J'ai fermé les yeux et j'ai murmuré : « Merci, merci, mon Dieu. » Je me serais volontiers mis à genoux. Sainte Marie et Jean-Charles le martyr ? Tu m'as rejoint. J'ai enclenché le haut-parleur.

— Il est arrivé par le TGV, il y a environ une heure, a repris Hugues. Il m'a autorisé à vous appeler pour vous rassurer.

La voix de mon beau-père était sèche. Accusatrice ? C'était la première fois qu'il s'adressait à moi sur ce ton. J'ai eu honte.

— Est-ce que je peux lui parler ?

— Cela m'étonnerait qu'il soit d'accord. Et, à l'heure actuelle, il essaie de dormir dans sa chambre.

— Alors je viens, ai-je décidé. Je prendrai l'avion de huit heures demain.

— Moi aussi, je viens ! as-tu crié.

Dans le bel appartement sur la mer, le silence est tombé.

— Pouvez-vous me passer votre femme ? a demandé Hugues.

Ma femme. Mari et femme, coresponsables du désastre.

Tu m'as arraché l'appareil.

— Alors, comme ça, il est chez bon-papa ? as-tu crâné.

— Et il m'a tout raconté. Je crains qu'il refuse de te voir, Gabrielle.

— Je ferai ce que je voudrai. C'est mon fils !

Cette fois, tu avais hurlé.

Tu as raccroché. Sans un regard pour moi, tu es retournée dans ta chambre. La porte a claqué.

Mon Petit Prince, mon pilote, était sain et sauf. Rien d'autre ne comptait. J'ai laissé libre cours à mes larmes.

35

Dans ce ciel où la mer puisait ses couleurs, lors d'autres vacances tourmentées qui aujourd'hui me paraissaient heureuses, attaché au harnais de son parachute, Antoine s'envolait avec des cris de joie.

Sur les galets gris de cette plage que martelait le soleil, un petit garçon aux épaules frêles, coiffé du chapeau de cow-boy de son grand-père, se révoltait : « Pourquoi maman elle l'aime pas ? »

Et plus tard, à nouveau blessé, humilié à travers moi, mon fils demandait : « Est-ce que vous allez divorcer ? »

Un cri de détresse, un appel à l'aide que je n'avais pas voulu entendre. Je méritais le mépris qu'exprimait son regard. J'avais été incapable de le défendre, et, dans cette nouvelle tempête, ce n'était pas auprès de moi qu'il était allé chercher refuge, mais auprès de son grand-père.

Hugues passait à présent les trois quarts de l'année à Nice où il avait de nombreux amis avec lesquels il jouait au golf et au bridge. À quoi bon habiter près de nous si c'était pour nous voir si peu ? Depuis l'été du parachutisme ascensionnel... et des Italiens, nous n'étions revenus que deux fois dans l'appartement de la baie des Anges. Et seulement pour quelques jours. Les vacances des enfants étaient « studieuses » : l'Angleterre pour Antoine, l'Italie pour Ingrid. Quelle part avait prise Luigi dans ta décision de faire choisir à notre fille l'italien en première langue à son entrée dans la « grande école », cette année ? On en découvre tous les jours.

L'air sentait le pin et le laurier, le soleil commençait à chauffer le linge bigarré tendu aux fenêtres des ruelles montant vers la résidence privée de ton père. Il nous a ouvert avant même que nous ayons sonné.

— Le petit dort encore.

Vous ne vous êtes pas embrassés. Il m'a serré la main sans l'habituelle flamme complice dans les yeux et il nous a entraînés sur la terrasse où avait été préparé un « brunch », petit-déjeuner-lunch, formule gain de temps que tu as toujours appréciée. Yvette, l'employée de maison, une large et joviale femme du pays, qui aimait beaucoup les enfants, nous a salués sans les effusions coutumières.

Alors que nous nous installions sous le parasol de toile écrue, dix coups ont retenti au clocher de Notre-Dame-du-Port. Hier, à cette même heure, au ministère, je me préparais à une soirée en tête à tête avec mon fils, ne sachant si je pouvais ou non m'en réjouir. Si j'avais pu me voir ici, ce matin, j'aurais crié « Au fou ».

Aux fous !

Sur la table de fer, Yvette a posé les thermos de café et de lait, les jus de fruits frais, le jambon, le fromage. Prendrions-nous des œufs ? Non merci. J'ai retiré ma veste. L'air était délicieux, la lumière, de miel, les odeurs, à vous fendre le cœur. La beauté crucifie ceux qui ne savent plus en profiter, comme pour les en punir.

— Bon appétit.

Le témoin gênant s'est retiré.

— Je ne me permettrais pas de te juger, Gabrielle, a commencé Hugues froidement. Comprends seulement que ton fils est très blessé.

Tu as serré les lèvres. Ton visage avait recouvré sa dureté. J'ai détourné le mien. « Il faudra faire attention à lui, c'est un sensible », m'avait recommandé un jour mon beau-père. Sensible... Le mot utilisé par son ami.

— Nous avons longuement parlé cette nuit, a repris Hugues. Antoine m'a avoué qu'il lui arrivait de fumer du hasch. Il en avait dans son sac.

Mon cœur a cogné.

— C'est cette petite tapette de Boris, as-tu lancé avec violence. D'ailleurs, on s'en doutait.

— Je ne connais pas Boris, a répondu ton père avec calme. Que ce soit lui ou un autre qui lui en ait procuré, j'ai cru comprendre qu'il ne fumait pas pour passer un moment agréable, mais pour oublier les mauvais. C'est cela qui me paraît grave.

Tu as haussé les épaules.

— Grave ? Mais ils y goûtent quasiment tous. Ce n'est pas pour autant qu'ils deviennent accros, tout le monde te le dira. Il n'y a pas de quoi en faire une pendule.

— Je n'en fais pas une « pendule », Gabrielle. Je me contente de m'inquiéter pour mon petit-fils.

Tu as levé les yeux au ciel et attrapé un croissant

dans lequel tu as mordu. Je revoyais ces mêmes yeux pleins d'angoisse hier, puis de larmes. Étais-tu donc incapable de baisser la garde plus de quelques minutes ? Ne pouvais-tu, pour une fois, pour ton fils, cesser de considérer ton père comme un adversaire ?

Et fallait-il que tu salisses toujours tout ? « Cette petite tapette de Boris »...

Ma colère est montée. Je me suis tourné vers Hugues.

— Je partage votre inquiétude. J'ai eu très peur, hier. C'est une chance qu'il soit venu chez vous.

— Et une autre qu'il m'ait trouvé ! Je m'apprêtais à sortir quand il a sonné. Il était dans un tel état que je n'ose penser à ce qui serait arrivé si je n'avais été là.

Hugues nous a regardés tour à tour.

— Il a exprimé le désir de rester.

— Eh bien pourquoi pas ? Nous ne sommes qu'au début des vacances. Il sera mieux au soleil qu'avec une batterie dans une cave, as-tu lancé d'une voix railleuse.

— Je crains que tu n'aies pas compris, Gabrielle, a rectifié ton père. Après ce qu'il a découvert, Antoine ne veut plus revenir à Boulogne. Du moins pour l'instant.

Tu t'es raidie.

— Ah bon ? Et le collège ? Le passage en troisième, il y a pensé ?

— Nous avons essayé d'y penser ensemble. Avec les épreuves du bac, l'année scolaire est pratiquement terminée. Si vous m'autorisez à entrer en contact avec ses professeurs, je m'arrangerai pour qu'il achève son programme ici. Je crois être encore capable de l'aider.

— Il n'en est pas question, as-tu tranché. Antoine rentrera normalement à son collège.

Je me suis levé. Dans ma poitrine, je sentais comme une barre d'acier : ma détermination.

— Antoine restera ici aussi longtemps qu'il le voudra. Merci, Hugues, de bien vouloir le prendre en charge. J'ai rencontré récemment le directeur de son établissement et je peux vous garantir qu'il comprendra la situation.

— Et si je ne suis pas d'accord ? as-tu lancé avec fureur.

— Que tu le sois ou non ne changera rien, Gabrielle.

Le visage empourpré, tu t'es levée à ton tour. Avant que tu n'aies répondu, Antoine est apparu.

Il était très pâle, ses cheveux blonds en bataille, les yeux soulignés de bistre, perdu dans une veste de pyjama qui lui tombait jusqu'aux mollets.

Sans nous accorder un regard, il est allé se coller au fauteuil de Hugues, qui a passé le bras autour de lui.

— Je veux rester avec grand-père, a-t-il affirmé d'une voix d'enfant qu'il s'efforçait, sans succès, de rendre mâle.

— C'est entendu, mon chéri, tu restes, ai-je répondu.

Il s'est tourné lentement vers moi. J'ai tenté de lui communiquer tout mon amour, toute ma tendresse. Et aussi ma résolution. Derrière mon épaule, je sentais, comme une brûlure, ton hostilité. Va te faire foutre, Gabrielle.

Le téléphone a sonné au salon. Personne n'a bougé.

— Tu savais, papa, a accusé Antoine. Tu savais ! Alors pourquoi t'as rien fait ?

Je savais que la mère de mon fils, ma femme, avait un amant. Je savais qu'ils faisaient ensemble ce qu'il pouvait voir, quotidiennement, sur l'un ou l'autre de ses écrans et qui, à cet âge, à la fois attire irrésistiblement et paraît sale et effrayant. Et, comme d'habitude, je m'étais écrasé. J'avais même donné ma bénédiction, choisissant d'ignorer qu'un petit garçon en passe de devenir un homme réclamait de moi le soutien, le modèle qu'il était en droit d'attendre d'un père. Je l'avais abandonné.

— Je te demande pardon, Antoine, ai-je dit. J'ai été nul. Mais c'est terminé. Désormais, tu pourras compter sur moi.

J'ai sorti son portable de ma poche et je l'ai posé sur la table.

— J'attendrai ton appel.

Le désir farouche de le prendre dans mes bras, de le serrer contre moi, mon pilote, mon prince blessé, mon fils, ravageait ma poitrine. Je me sentais comme projeté en avant par mon cœur. Mais c'était à lui de décider.

Il a détourné les yeux et quitté la terrasse sans répondre, laissant le mobile sur la table.

Tu as décidé de rentrer par le premier avion.

— Je compte sur vous pour faire le nécessaire auprès du collège, m'a dit Hugues tandis que tu appelais Estelle.

Il a sorti un trousseau de clés de sa poche et en a détaché deux. Il me les a tendues.

— Ce sont celles de Neuilly. Vous pourriez en avoir besoin.

Dans son regard, la flamme complice était de retour. J'ai ressenti un soulagement intense. Je me suis promis de regagner son estime.

— Ça se pourrait bien, en effet, ai-je constaté en jetant un regard dans ta direction.

Il a souri. Le premier sourire depuis notre arrivée. Comme toujours, il s'était montré digne, à la hauteur de la situation. Mais, exceptionnellement, il avait laissé l'humour de côté. Ce n'était pas lui, mais son petit-fils qui souffrait.

Alors que, avant de quitter la terrasse, je m'étonnais de n'entendre aucun bruit chez les voisins, il m'a appris que le vieux monsieur était mort l'automne dernier. Sa femme l'avait suivi quelques mois plus tard ; cela arrivait aux couples unis.

C'étaient des gens charmants. Il les regretterait.

36

Il était un peu moins de deux heures lorsque nous avons atterri à Orly. Depuis que j'avais pris le parti d'Antoine contre toi, tu ne m'avais plus adressé la parole et, durant tout le trajet, tu avais gardé les yeux fermés.

— Je laisse madame dormir ? avait demandé l'hôtesse qui proposait les boissons.

J'avais supposé que tu te rendrais directement à Majordame, mais tu as donné notre adresse au taxi.

Dans la tour bleue, aucune odeur à vous fendre le cœur. Sur le comptoir de la cuisine, nos tasses à café du matin, les verres à whisky et à vin blanc de la veille. Sur le canapé où j'avais passé la nuit, la couverture et l'oreiller.

Tu y as lancé ton blouson et tu as attaqué.

— Puisqu'il paraît que c'est « terminé », on fait quoi maintenant ?

— Nous nous séparons. J'ai l'intention de demander le divorce, Gabrielle.

Tu as eu un sursaut, comme si je t'avais frappée.

— Ne me dis pas que cela te surprend. Tu as été la première à en parler.

— Je croyais avoir compris que tu préférais « tenir encore un peu » pour les enfants ?

— C'était un mauvais calcul. Nous en avons eu la preuve. Si tu veux bien, on pourra essayer, pour eux, de le faire dans les moins mauvaises conditions.

Les mots me venaient naturellement, sans douleur ni regret. Depuis combien de temps les refoulais-je ? En me remettant les clés de son appartement à Neuilly, Hugues avait-il voulu m'encourager à les prononcer ? Il n'y avait pas d'autre solution.

Pour le bien des enfants.

Tu m'as tourné le dos et tu t'es dirigée vers la baie, notre « vue imprenable ». Un brusque sentiment de liberté m'a empli. Où que j'aille, ce serait désormais près de la terre. Son odeur s'est répandue dans mon corps. J'y ai senti revenir la vie comme une poussée de sève.

Tu revenais, un sourire mauvais aux lèvres.

— Je suppose que tu vas t'installer chez « bon-papa » ? Si tu crois que je ne l'ai pas vu te donner ses clés... Après le fils, le père.

— Je n'y resterai que le temps de me retourner.

Tu m'as toisé.

— Te retourner ? Et vers qui ? La petite Marie, c'est ça ? Eh bien vas-y : elle ne sera pas étonnée. Je lui ai fait part de la grande nouvelle.

Un poing glacé a serré mon cœur.

— La grande nouvelle ?

— Mais celle que tu m'as annoncée hier, voyons. Que tu l'aimais. Que c'était elle que tu aurais dû épouser. C'est bien ce que tu m'as laissé entendre, non ?

— Tu n'as pas fait ça, Gabrielle, ai-je crié. Ce n'est pas possible. Tu n'avais pas le droit.

Tu as ri, satisfaite.

— Pas le droit ? Mais tu sais bien que Marie et moi n'avons aucun secret l'une pour l'autre. Cela t'a d'ailleurs assez souvent emmerdé, avoue. Crois-tu que j'ignore que tu pleures dans son giron ? Que Naves est devenu le paradis sur terre pour toi ? Quand je l'ai appelée, hier, pour lui apprendre qu'on avait retrouvé son filleul et qu'il était inutile qu'elle fasse le déplacement, j'en ai profité pour lui servir toute chaude l'autre nouvelle du jour.

J'ai étouffé. À mon tour, je suis allé vers la baie. Dire qu'il y a quelques minutes, je me sentais libéré. J'avais sous-estimé ton pouvoir de nuisance. La « petite tapette » de Boris, salissant l'amitié, aurait dû me le rappeler. Était-il vrai que Marie te parlait de moi, de nous ? Cette impression qu'elle savait tout de moi, venait-elle de vos confidences ? L'imaginer était une trop grande douleur.

Tu m'as rejoint.

— Mais ne fais pas cette tête-là, Jean-Charles. La petite Marie n'a pas dit non, tu sais. Elle s'est toujours fait un devoir d'aider les éclopés. Tu pourrais bien avoir ta chance.

La haine m'a submergé. J'ai compris la violence de certains. Le désespoir m'a donné les mots pour t'obliger à la boucler.

— La petite Marie a, en effet, quelque chose qui te manquera toujours, Gabrielle : du cœur. Tu n'as jamais su regarder plus loin que ton importante personne. Peut-être as-tu réussi Majordame, mais, pour le reste, tu as tout faux. Tu pourras toujours te payer des décapotables, des capotes et des escort boys, comme Estelle. Je te souhaite plein de fric et bien du plaisir. Je te plains.

Être plainte ? Pour toi, l'abomination. Tu as tenté de ricaner. Alors, j'ai sorti de ma poche les clés de Neuilly et je t'ai tuée.

— Je vais en effet chez « bon-papa ». Bon-papa, bon mari et bon père. Peut-être as-tu parlé à Marie, il m'a parlé à moi. Il m'a raconté comment ta mère était déjà malade avant qu'il ne l'épouse. Comment il lui avait offert la moins mauvaise existence possible et lui avait permis de s'en aller dans le cadre qu'elle aimait, entourée de fleurs et de musique. Ce n'est pas lui qui l'a dévorée comme tu as voulu t'en convaincre, mais sa saloperie de cancer. Point.

Dès que j'avais prononcé le nom de ta mère, tu avais reculé. Ton visage était aussi pâle que celui d'Antoine ce matin. Probablement, au fond de toi, connaissais-tu la vérité, mais, quand on s'est construit sur son déni, la vérité devient mortelle.

Et voilà ce que tu avais fait de moi : un homme impitoyable qui, à son tour, cherchait à te détruire.

Tes yeux se sont emplis de larmes. Tu as hurlé.

— Fous le camp, Jean-Charles. Barre-toi de ma vie.

Je t'ai obéi pour la dernière fois.

37

Quel âge avait Marie lorsqu'elle avait peint cette frise sur les murs de ta chambre, à Neuilly ?

« Gabrielle-la-Pharaonne » ; sa première BD ?

Certes, on y lisait moins de métier, d'assurance, qu'aujourd'hui. L'École des Gobelins n'était pas encore passée par là, mais la vivacité, l'originalité des couleurs, étaient déjà présentes.

« L'artiste n'a qu'une voix, la sienne, que l'on appelle son style. S'il en est dépourvu, ou s'il en change constamment, il n'est plus qu'un copiste, une sorte de faux-monnayeur, disait mon père. Il n'est nul besoin de voir le nom de l'écrivain sur la couverture d'un livre pour le savoir là. Quelques lignes suffisent. »

Marie d'hier, Marie d'aujourd'hui, avaient la même voix : gaîté, tendresse, humour.

Gabrielle-la-Pharaonne aux yeux d'obsidienne étirés jusqu'aux oreilles, offrant un bouquet de fleurs de lotus au dieu du Soleil, ébloui.

La pharaonne, richement parée, vêtue d'une robe blanche aux mille plis, laissant apparaître un délicat nombril orné d'un scarabée.

Portant sur une raide perruque « blonde » – une première chez les Ramsès – un faucon sur son perchoir.

Gabrielle-la-Pharaonne au lit, au bain, au jardin, éventée par ses esclaves.

Arborant les diadèmes jumeaux de la déesse-vautour et de la déesse-cobra.

Et à chaque tableau, à chaque « scène », l'artiste avait apposé sa signature : un minuscule scribe, vêtu d'un simple pagne, assis sur un tabouret sculpté, traçant des hiéroglyphes sur un papyrus à l'aide d'une plume aussi grande que lui.

La petite Marie.

J'ai tendu la main pour caresser le scribe. Mes doigts n'ont rencontré que le mur glacé d'une chambre mortuaire. En bonne pharaonne, tu avais emmené ton serviteur avec toi.

« Elle s'est toujours fait un devoir d'aider les éclopés. »

Déesse-cobra, qu'avais-tu raconté à la femme que j'aimais pour envenimer l'amour ? Déesse-vautour, quels mots avais-tu employés pour me détruire dans son esprit ? Je les imaginais facilement, ainsi que le ton qui les avait accompagnés : « Ce pauvre Jean-Charles, ce lâche, ce minable. »

Je n'en avais pas volé certains.

« Tu pourrais bien avoir ta chance. »

Mais je ne voulais ni de la pitié, ni du sacrifice de Marie. J'avais tout simplement espéré être enfin regardé comme une personne, un compagnon, un partenaire. Comme Jean-Charles Madelmont.

J'ai refermé la porte, la douleur au ventre.

Cinq heures. Un soleil déclinant éclairait le salon.

Je suis sorti sur la terrasse. Ici, ce n'était plus la senteur des pins et des lauriers, mais celle des jeunes pousses aux branches des marronniers du bois de Boulogne, mêlée à l'odeur grise de l'asphalte.

Les meubles de jardin, ainsi que le parasol, étaient pliés contre le mur. Tout était impeccable ; une Yvette avait dû y passer. J'y aurais connu des moments d'exaltation. Un mot qui rime plus souvent avec déception qu'avec bonheur.

Je suis revenu au salon. Quel drôle de cadeau m'avait fait Hugues en me rendant maître des lieux ! J'étais libre, aussi longtemps que je le souhaitais, de m'arrêter devant la cheminée condamnée, la pendule silencieuse, les meubles de prix. De regarder à loisir la femme aux yeux tristes, dans le cadre en argent posé sur le piano. Libre de m'asseoir sur la banquette recouverte de velours grenat et de laisser courir mes doigts sur les touches noires et blanches du clavier en deuil, en entendant monter les pleurs d'une sonate de Chopin.

« Fous le camp, Jean-Charles. Barre-toi de ma vie. »

Je ne regrettais rien. Il fallait qu'au moins une fois la vérité soit dite, cassé le mensonge, avant que tu n'y replonges. Pour ça, je ne me faisais aucune illusion.

J'ai rabattu le couvercle du piano et je me suis relevé, plein d'une sourde rancune. Pourquoi ton père t'avait-il caché ce qu'il m'avait révélé à moi ? La vérité sur la longue maladie de ta mère. Pourquoi s'était-il laissé accuser à tort ? Je ne comprenais pas.

Certes, tu n'avais que cinq ans lorsqu'elle était morte et il avait voulu t'épargner. Il arrive aussi qu'un homme craigne, dans l'épreuve, de ne pas trouver les bons mots. Mais n'y avait-il pas, autour de vous, une parente, une amie, un médecin, un psy, pour t'apprendre, le moment venu, dans quelles circonstances ta mère vous avait quittés ? Un prêtre, puisqu'il était croyant ? Cette vérité vous aurait liés, le silence avait ouvert la voie à tous les délires dans la tête d'une petite fille blessée et trop imaginative. Oui, pourquoi ?

Lâche, Hugues ? L'idée m'était insupportable. Il avait dû, tout simplement, reporter à plus tard, jusqu'à trop tard. Et comment aurait-il pu se douter que tu engloberais un jour tous les hommes dans une même défiance, un même déni ? Que tu rencontrerais Estelle et ses semblables... et choisirais pour mari un minable, incapable de te remettre à ta place et de revendiquer la sienne.

Je suis passé à la cuisine et j'ai ouvert le réfrigérateur. Ma bouche était pleine de poussière. L'appareil ne contenait que des boissons. J'ai pris une bière. Le décapsuleur était dans le tiroir habituel. J'ai bu à même le goulot, minable geste de défi du minable : cela ne se faisait pas chez les Larivière.

Sur cette table à roulettes, tu plaçais le nécessaire pour pique-niquer. Déjà, tu picorais. J'aurais dû me méfier, moi, l'homme de la terre, qui aimais tant voir Marie se régaler. Marie, Marie...

Nous roulions cette table dans le bureau, l'hiver, sur la terrasse, dès que revenaient les beaux jours. Un beau jour de printemps comme celui-ci, tu avais ajouté une bouteille de champagne pour fêter le don de ta virginité à un imbécile aveugle. Dans la « chambre conjugale », tu lui avais fait ta demande en mariage : « Bien sûr, nous aurons des enfants. »

Question. Pourquoi la malheureuse orpheline tenait-elle tellement à être mère ?

Pour prendre sa revanche, en offrant à ses enfants des parents unis ?

Une réussite.

Notre fils nous avait tourné le dos. Que dirait notre fille lorsqu'elle reviendrait de vacances et ne trouverait pas son papa à la maison ? Comment lui expliquerais-tu mon absence ? Minerais-tu là aussi le terrain afin de m'en priver ?

Souriceau était blessé, Souricette allait pleurer, je n'en supportais pas l'idée. Comment faire, bon Dieu, pour les épargner ?

Marie ! Chaque instant, j'oubliais. Chaque instant, le souvenir revenait me frapper au cœur : j'avais perdu Marie. J'aurais eu tant besoin de son aide.

Elle me l'a apportée sans le vouloir. Sa joyeuse réponse lorsque je lui avais demandé si des ailes pousseraient un jour à Taupinet.

— Mais il le faudra bien !

Je redonnerais ses ailes à mon pilote.

J'ai formé le numéro d'Arnaud.

Sur son insistance, j'étais descendu cet hiver à Toulouse. La famille habitait une grande maison avec jardin aux abords de la ville. Tous semblaient heureux, y compris la « psy », qui avait trouvé un travail à mi-temps.

Arnaud m'avait fait visiter, à l'aéroport de Blagnac, le hall pharaonique où l'on procédait à l'assemblage de « notre » avion.

— On n'attend que toi, vieux.

Fier comme Artaban, Julien nous accompagnait.

— Pourquoi t'as pas amené Antoine ? avait-il regretté.

J'avais appris à cette occasion qu'ils correspondaient par SMS et que Julien tenait Antoine au courant des progrès de l'A380. Alors que j'avais pensé – espéré ? – qu'il en avait fait son deuil.

On ne fait jamais son deuil d'un rêve.

Dans la Ville rose, Arnaud a pris la communication. Je lui ai annoncé que je souhaitais le rejoindre. Le plus vite serait le mieux. Avait-il, comme promis, gardé quelques pièces du gros-porteur à assembler pour moi ?

38

Vendredi, après le ministère, je me suis rendu directement à la tour bleue.

Sur la porte du réfrigérateur, à côté de la liste de courses dont je ne me chargerais plus, tu avais affiché les coordonnées du club d'équitation d'Ingrid. Je les ai relevées, regrettant pour la première fois d'avoir refusé un téléphone portable à ma fille. Toi, tu n'étais pas contre, tu allais avec le progrès.

Son retour était prévu dimanche en huit.

J'ai rempli deux valises de vêtements, ajouté quelques objets m'appartenant personnellement ou venant de la Treille et un carton de livres. Je me hâtais, bien que sachant que, à cette heure-là, tu vérifiais chez tes clients que tout était au point pour la fête. Nombreuses et joyeuses fêtes à Majordame.

Le fenêtre était restée ouverte dans la chambre d'Antoine, et des papiers avaient volé un peu partout. L'odeur de petit fauve continuait à y flotter. Sans doute celle des enfants qu'ils aiment et n'ont pas su protéger s'inscrit-elle pour toujours dans la mémoire des parents. Lundi, tu laisserais un mot à la femme de ménage en lui demandant d'y passer. Quand y reviendrait-il ? Y reviendrait-il ? Je suis monté sur une chaise, j'ai détaché le mobile aux planètes du Petit Prince, et je l'ai plié sur les livres, dans le carton.

Avant de quitter cet appartement où nous avions vécu tant d'années ensemble, je me suis retourné une dernière fois.

« Ici, il y aura eu du bonheur », avait constaté Marie en faisant ses adieux au Colombier.

Ici, le malheur avait peu à peu investi les lieux. Je n'y regretterais rien, pas même le ciel. Ce ciel-là.

Je suis descendu directement au parking pour éviter de parler au gardien.

De retour à Neuilly, j'ai appelé Hugues.

— Une minute, a-t-il dit en reconnaissant ma voix. Je vous prends sur la terrasse.

Antoine devait rôder dans les parages. Quand cesserais-je de le voir, perdu dans la veste de pyjama de son grand-père, fragile et blessé, pointant le doigt vers moi : « Pourquoi t'as rien fait ? »

— Voilà, je suis à vous, Jean-Charles. Comment ça va ?

J'ai annoncé à mon beau-père que je l'appelais de chez lui. J'avais décidé de demander le divorce et quitté la tour bleue. Pour Antoine, je rencontrerais dès lundi le directeur de son collège et ne doutais pas de sa compréhension. Nous envisagerions ensemble les conditions dans lesquelles il pourrait achever l'année scolaire à Nice.

Pour terminer, j'ai fait part à Hugues de mon intention de m'installer à Toulouse dès septembre prochain. Airbus continuait à recruter. J'avais eu en ligne le chasseur de têtes qui m'avait contacté plus d'une année auparavant. Soutenue par Arnaud, ma candidature avait toutes les chances d'aboutir.

— Eh bien vous, quand vous vous y mettez, vous ne faites pas les choses à moitié, Jean-Charles.

Le ton était approbateur. Je n'ai pas osé évoquer mon espoir que la prochaine rentrée scolaire d'Antoine s'effectue à Toulouse. Pourquoi pas dans le collège de Julien ? On ne peut vivre sans rêve.

— Comment va-t-il ? ai-je murmuré.

— Ce que vous venez de m'apprendre devrait l'aider à reprendre pied. Comptez sur moi pour lui en parler le moment venu. En attendant, m'accorderiez-vous une faveur ?

La voix était redevenue amicale, presque chaleureuse. Le soulagement m'a brouillé les yeux : on ne peut pas perdre tout le monde d'un coup.

— Tout ce que vous voudrez, Hugues.

— N'ayez aucun scrupule à demeurer à Neuilly. Si vous devez atterrir à Toulouse dans quelques mois, il me paraît inutile de chercher un autre point de chute. Savoir mon appartement habité par vous me ravit. Antoine éprouvera sans doute le même plaisir. Quant à notre petite fille, ce sera une façon de lui montrer que vous restez dans la famille lorsqu'elle reviendra de vacances.

Je n'avais pas envisagé de m'installer plus de quelques jours chez « bon-papa ». Ce dernier argument m'a fait changer d'avis. D'autant que, pour si peu de temps, je risquais de ne trouver de place qu'à l'hôtel : un choc supplémentaire pour Ingrid ?

Soudain, j'ai eu faim ; la première fois depuis quarante-huit heures.

Je me suis rendu dans le bistro le plus proche : un italien où j'ai pris des spaghettis en me souvenant que mon fils me blaguait avec mes « sucres lents », au temps où nous parlions encore de pilotage.

Lorsque je suis remonté à l'appartement, le téléphone sonnait. J'ai pensé que c'était toi, Gabrielle. Qui d'autre me savait là ?

C'était Marie. Reconnaissant sa voix, un vertige m'a saisi. Je suis tombé sur le fauteuil, près de la petite table supportant l'appareil.

— Gaby m'a appris que tu étais chez son père, Jean-Charles ?

— Elle a dû t'apprendre aussi que je demandais le divorce.

— Oh oui. Est-ce que je peux faire quelque chose ?

Pour le minable, l'éclopé, sainte Marie ?

— Non merci, ça va.

— Et Antoine ?

J'ai réussi à rire : « l'affreux rire de l'idiot », dont parle le poète.

— Pour Antoine, figure-toi que, avec son rêve de voler, ton Taupinet m'a donné une idée. J'espère que cette fois cela marchera pour Airbus et qu'Antoine acceptera de me suivre à Toulouse. À condition que, pour la garde des enfants, ça se passe sans trop de sang et de papier timbré.

— Du sang ? s'est indignée Marie. Imagines-tu donc que Gaby soit capable de faire souffrir les enfants ? Tu sais bien qu'elle les adore, Jean-Charles.

— Elle adore peut-être Antoine, mais cela ne l'a

pas empêchée de l'humilier durant des années. Ni d'amener son amant à la maison pendant ses vacances sans penser qu'il pourrait les y surprendre.

Marie n'a pas répondu. Derrière elle, des voix résonnaient, des rires : les garçons ? NOS garçons ? La douleur m'a crucifié. Où était mon eau vive ? Mon « eau vivre » ?

— À propos, bravo pour « Gabrielle-la-Pharaonne ». Très réussie, ta frise, tout à fait elle. Riche idée que celle de la déesse-cobra.

— La pharaonne a beaucoup souffert, a plaidé Marie d'une petite voix. Depuis hier, elle m'a appelée plusieurs fois. Elle m'a demandé de venir. Elle ne va pas du tout, Jean-Charles. Je t'en prie, ne la juge pas trop vite.

— J'ai mis au contraire bien trop de temps à la juger, ai-je explosé. Probablement sur tes conseils : « la pauvre orpheline ». Sache qu'hier j'ai cassé le morceau. J'ai pensé qu'il était temps que quelqu'un lui dise enfin la vérité, que ce n'était pas son père, comme elle voulait le croire, mais une saloperie de cancer qui avait dévoré sa mère. En effet, ça a eu l'air de lui porter un coup. Mais, rassure-toi, elle s'en remettra. Pour se boucher les yeux et les oreilles sur le sujet, elle a une longue pratique. Et vous l'y aurez bien aidée, Hugues et toi !

À Naves, dans cette maison où j'avais réclamé ma place, où, lorsque Marie avait dit « on », j'avais entendu « nous », où, comme un con, j'avais retardé le moment de vider mon cœur et ma conscience – on remet à plus tard et c'est trop tard, n'est-ce pas, Hugues ? –, le silence est tombé.

Marie, mon amour, m'avait raccroché à la gueule.

39

Brigitte était déjà là lorsque je suis arrivé à la Treille. Je l'avais appelée pour réclamer sa présence. J'ai compris que ma sœur préférait « comploter » en toute tranquillité avec son petit frère, car elle était venue seule.

Elle a retiré ses lunettes pour m'embrasser avec plus de vigueur encore que de coutume. À quoi s'attendait-elle ?

Jamais vous n'entendrez mes parents condamner quiconque. Avec toutefois une exception pour ma mère : les salauds qui s'attaquent aux enfants. Eux, elle les expédie droit en enfer.

« Ne crois-tu pas que certains y sont déjà ? » avait osé plaider mon père un jour.

« Ce n'est pas une raison pour y entraîner des innocents. »

Est-ce à cause des paroles d'indulgence de Marie la veille ? J'ai préféré ne pas donner la véritable raison de la fugue d'Antoine.

Lorsque j'ai annoncé mon intention de divorcer, les visages ont simplement exprimé la compréhension ; avec, sur celui de Brigitte, une discrète satisfaction.

— Et les petits ? s'est inquiétée maman.

— Antoine y est préparé. Je pense qu'Ingrid s'y attend plus ou moins. Je ferai tout pour que les choses se passent correctement.

— Ton garçon aura bientôt quatorze ans ; il devrait avoir son mot à dire dans l'affaire, a remarqué ma sœur.

Du plomb est tombé sur mon cœur : ce mot, le prononcerait-il en ma faveur ?

Il me restait à préparer mes parents à ma très probable démission du ministère, où ils avaient été si fiers de me voir entrer, et mon intention de m'installer à Toulouse. Connaissant mon rêve, ils ont approuvé, mais une ombre a voilé le regard de ma mère. Brigitte a posé sa main sur la sienne.

— Si tu imagines nous rayer comme ça de la carte, c'est raté, m'a-t-elle averti d'un ton faussement léger. On viendra squatter tout le temps chez toi. Choisis la maison en conséquence.

— C'est dans le programme.

Respectant la tradition, nous sommes allés nous balader en forêt après le déjeuner ; les comploteurs seulement. Même Sylvain, sujet aux rhumatismes, est resté à la maison faire un petit somme aux pieds de son maître.

J'ai raconté à Brigitte comment Antoine t'avait surprise dans les bras de Luigi ; ses conseils pourraient m'être utiles.

— Faire ça chez vous ! Elle est complètement inconsciente ou quoi ? s'est-elle indignée. Le pauvre Antoine, j'imagine le choc.

— Il m'en veut presque autant qu'à Gabrielle et il a raison. J'ai été un père nullissime.

— Tout simplement un fils mal élevé, a protesté Brigitte en glissant son bras sous le mien. Tu as entendu le cri de maman quand tu as parlé de divorce ? « Et les petits ? » On t'a enseigné à tout mettre en œuvre pour préserver la paix du foyer, en oubliant que dans certains cas, pour les chers petits, mieux valait un « bon » divorce qu'une maison où on s'étripe. Peux-tu espérer une procédure à l'amiable ?

— D'après Marie, oui.

Je n'avais pu m'empêcher de prononcer son nom. Brigitte n'a pas relevé. Nous avons marché un moment en silence. Sous le soleil de mai, la forêt s'étirait en de multiples bruissements. Jamais Marie ne viendrait s'y promener avec moi. Jamais je ne la verrais « comploter » avec Brigitte. Le chagrin m'a noyé. Pourquoi me l'avais-tu volée, Gabrielle ?

J'ai raconté à ma sœur la mort d'Agnès Larivière alors que tu n'avais que cinq ans. Comment Hugues, lui qui avait tout fait pour elle, y compris renoncer à un métier qu'il aimait, s'était laissé injustement accuser par toi.

Décidément, ça ne passait pas.

— À une attitude aussi extrême que celle de ta femme, il serait étonnant qu'il n'y ait qu'une seule explication, m'a calmé Brigitte. Dans la même situation, une autre se serait au contraire rapprochée de son père. Question de caractère. Chacun panse ses plaies comme il peut : Gabrielle a choisi de faire payer les hommes. Elle n'est pas la seule à les rejeter pour de mauvaises raisons. Ça se produit d'ailleurs aussi dans l'autre sens, côté masculin. Le monde est plein de boucs émissaires qui nous dispensent d'aller regarder au fond de nous-mêmes. Mais tu as raison : il aurait été préférable de lui dire la vérité.

— Elle l'aura entendue au moins une fois, ai-je jeté méchamment.

Car une autre question me poignait depuis la veille : pourquoi Marie avait, elle aussi, gardé le silence ? Elle aurait su trouver les mots.

Soudain, en un ample froissement, la forêt s'est ouverte et un cerf aux bois immenses est apparu, à quelques mètres de nous. Nous nous sommes figés. Durant quelques secondes, il nous a fait face, paraissant nous interroger. Puis, en trois bonds, il a disparu.

— Seigneur, un roi ! a soufflé Brigitte. Quand on racontera ça à papa...

Nous avons attendu quelques secondes avant de reprendre la marche. Lorsque je repenserais à cette journée, ce serait le roi qui m'apparaîtrait.

— Finalement, Gabrielle est la plus à plaindre, a repris ma sœur. Elle va se retrouver bien seule.

J'ai eu un rire.

— Avec Majordame, ses amies et ses petits amis.

— Rien de tout ça ne suffit à remplir une vie. Sais-tu que, aux États-Unis, on ne compte plus les clubs de rencontre pleins de femmes qui ont superbement réussi, ce qui ne les empêche pas de chercher désespérément l'âme sœur ? D'ailleurs, ça nous arrive ici. À force d'entendre parler partout du sort injuste réservé aux femmes et de se voir montré du doigt, traité par certaines de bourreau ou de prédateur – j'en passe –, le sexe fort se planque. La jeune génération commence déjà à s'inquiéter ! Deux de mes garçons ont décrété qu'il ferait beau voir que leur future gagne plus qu'eux. La femme au foyer a la cote, auprès de leurs copains. À la vérité, ils ont très peur.

— Et qu'en dit la sociologue ?

Ma sœur m'a adressé un clin d'œil malicieux.

— La féministe convaincue constate que nous avons encore du pain sur la planche pour parvenir à l'égalité avec les bonshommes. Inutile de te dresser la liste des doléances, tu la connais mieux que moi. Mais, lorsqu'elle entend des enragées propager cette autre connerie, savoir que le cerf et la biche seraient pareils, la sociologue pense qu'elles nous envoient dans le mur. Allez, on assume nos différences et on avance du même pas au lieu de se tirer dessus. Paix avec les hommes de bonne volonté, mon frère. Et guerre sans pitié avec ceux qui, sous d'autres cieux, traitent les femmes pire que du bétail et s'amusent à les lapider au moindre écart, quand ils n'en font pas un feu de joie.

J'ai pensé à Souria qui, pour s'en sortir, avait dû rompre avec sa famille. Récemment, elle t'avait passé la main à Majordame pour se consacrer à la défense de ses sœurs africaines. Elle se serait bien entendue avec la mienne.

— Tout ça à une condition, évidemment, a repris celle-ci en me toisant du haut de ses cent soixante centimètres.

— Laquelle ?

— Que vous reconnaissiez enfin que nous sommes les plus fortes.

Je l'ai attrapée et l'ai soulevée comme la petite

feuille têtue qu'elle avait toujours été. Essayez donc de déchirer celle du chêne. Nous avons ri et rebroussé chemin. Voilà que je me sentais mieux. Les cerfs, les biches, les chênes. C'était bien à cela que servaient les chênes aux bois multiples, et parfois le regard d'un vieux cerf : à nous rappeler que nous ne sommes qu'une parcelle de temps dans l'univers.

— Pas d'autre aveu à faire à ta sœur préférée ? a blagué Brigitte alors qu'apparaissait au loin le toit de la Treille.

Je savais à qui elle pensait et je lui aurais bien parlé d'un scribe et de sa pharaonne, d'un rêve mort-né. Mais, à cet instant, le romantique s'étouffait avec les pétales froissés d'une fleur bleue.

Alors que nous franchissions la barrière du jardin, la patronne est sortie sur le seuil de la maison. Si les femmes sont les plus fortes, c'est que les hommes ne peuvent oublier qu'elles leur ont donné la vie, et parfois l'élan pour avancer, seuls comme des grands. Et que le « seuls » pose problème.

— Bonne promenade, les enfants ? a demandé maman.

Avant mon départ, nous avons appelé Ingrid à son club d'équitation et chacun y est allé de son mot, ou du moins a essayé face au torrent d'enthousiasme. Son cheval favori s'appelait Bingo, il était gris moucheté et avait un sale caractère, elle était bien partie pour obtenir son diplôme de « troisième galop », elle avait plein de copines, mais les garçons étaient vraiment chiants à cogner contre la porte de la douche et à regarder par le trou de la serrure du dortoir pour voir les filles toute nues, bref, c'était géant !

Lundi soir, j'ai annoncé la bonne nouvelle à Hugues : le directeur du collège d'Antoine était d'accord pour qu'il termine le programme à Nice. Dès demain, Hugues pourrait se mettre en contact avec son professeur principal.

Mardi, j'ai préparé un colis avec ses livres et cahiers. J'y ai joint le mobile : planètes du Petit Prince.

Arnaud m'a appris dès jeudi que nous ferions équipe à Toulouse. « Tu peux préparer ta lettre de démission, vieux. »

C'était comme si d'un côté tout se détricotait, tandis que de l'autre le canevas reprenait. Sans le fil d'Ariane pour m'aider à retrouver la lumière : Marie.

Les intéressés sont toujours les derniers avertis. Ainsi ai-je reçu les félicitations de plusieurs collègues au sujet d'un article paru sur toi dans un grand hebdomadaire. Il s'intitulait : « Les femmes qui réussissent ». On pouvait t'y admirer, coiffée d'un haut chapeau de cuisinier, trônant au milieu de ton équipe.

Samedi, j'ai trouvé sur mon portable ton SMS me demandant si je voulais bien que, le lendemain, nous déjeunions ensemble à la gare de Lyon avant d'y accueillir Ingrid de retour de vacances.

40

Dans un médaillon, au plafond de la salle dorée du fameux restaurant de la gare de Lyon, on cueille le raisin.

La Treille.

Plus loin, c'est la mer, un port et ses bateaux.

Nice.

Ailleurs, debout sur un char, une femme tend un bouquet à un homme.

La fête des fleurs.

Ne dirait-on pas que notre histoire est inscrite dans les dorures de ce restaurant au décor 1900, admiré des voyageurs du monde entier, où tu m'as donné rendez-vous ? Serait-ce cela, la beauté ? Une voix qui nous parle à l'oreille de vérité, semblable et différente pour chacun ?

J'ai choisi une table donnant sur les quais. Les gens se pressent devant les panneaux indiquant départs et arrivées des trains. Tu préfères l'avion. Pour ma part, j'aime ne pas aller trop vite vers un lieu de vacances ou de fête, prendre le temps de m'y préparer, m'en réjouir.

Le lourd rideau de velours rouge s'entrouvre et te

voilà, vêtue d'un élégant tailleur-pantalon, cheveux dénoués. J'avais oublié que tu étais belle.

Je me lève et te fais signe. Des regards te suivent tandis que tu me rejoins, goélette aux voiles gonflées, toi, dans le vent.

— Salut, Jean-Charles.

— Salut.

Ni baiser, ni mains serrées. Deux amis aux yeux des clients qui s'en retournent à leur assiette.

Amis ? Si seulement.

Tu prends place en face de moi et, sans attendre, comme pour te débarrasser d'une corvée, tu poses sur ma serviette l'écrin gris perle que tu avais trouvé sous la tienne à la Treille. Celui qui contient le diamant entouré de rubis de ma grand-mère vigneronne.

— J'ai pensé qu'il revenait à tes parents.

Comme je l'ai cherchée, cette bague ! Finalement, elle devait être dans ton coffre à la banque, avec les bijoux interdits de ta mère. Je glisse l'écrin dans ma poche, sans commentaires. Sonne-t-il le début des hostilités ? Tu n'as jamais voulu devoir rien à personne.

Le maître d'hôtel se présente déjà ; tu n'es pas de celles que l'on fait attendre. Sans regarder le menu, tu commandes un plateau de fruits de mer. Les fruits de mer demandent temps et application, je te suis. Prendrons-nous l'apéritif ? Un chablis premier cru accompagnera notre repas.

— Je peux savoir à quelle heure est votre train, madame ?

— Quatorze heures vingt-trois.

— Cela ira.

L'homme te sourit, approbateur : voilà une cliente

qui sait ce qu'elle veut. Il fait signe à un serveur et s'éloigne.

Tu déplies ta serviette et lèves sur moi un regard où il me semble lire de la perplexité. La dernière fois, c'était de la haine ; nous progressons.

— Alors, ça y est ? C'est reparti pour Toulouse et ton gros-porteur ?

Mon cœur se serre. Qui peut t'en avoir informée sinon Marie ? J'acquiesce.

— Je suppose que tu es content ?

Il faut bien te connaître pour déceler la minuscule fêlure dans ta voix. « Finalement, Gabrielle est la plus à plaindre », avait affirmé Brigitte. Mais, moi, j'avais pris le risque d'aimer et j'avais perdu.

— J'aurais préféré que les choses se passent dans de meilleures conditions.

— En emmenant toute ta petite famille avec toi ?

— Pour ça, je ne me faisais guère d'illusions. Disons, sans qu'il soit besoin de passer par la tempête.

Tu hausses les épaules.

— À propos. J'ai pensé que nous pourrions ramener Ingrid à la maison et lui expliquer ensemble la situation. C'est d'accord ?

— Cela me paraît une bonne idée.

Revoici notre maître d'hôtel avec la bouteille. Il nous présente l'étiquette.

— Monsieur veut goûter ?

Je désigne ton verre. Tu goûtes et approuves. Après nous avoir servis, il s'éloigne en la laissant dans un seau à glace, le col entouré de damas blanc.

— Si tu es d'accord aussi, nous prendrons le même avocat, ou plutôt « la », proposes-tu. Souria m'a indiqué quelqu'un de très bien. Je n'ai pas l'intention de me bagarrer pour la garde. Antoine choisira, je suppose. J'aimerais avoir Ingrid. Bien sûr, tu la verras autant que tu voudras.

Le soulagement m'emplit. « Jamais elle ne fera souffrir les enfants. » Comme toujours, tu avais raison, Marie. Et, en parlant de mes projets toulousains à ton amie, sans doute as-tu seulement cherché à m'aider en préparant le terrain.

Le serveur pose sur la table pain bis, beurre, mayonnaise et sauce à l'échalotte pour les huîtres. Le vin est frais, fruité, léger. Nous apprécions aussi le chablis avec du chèvre, notre fromage préféré à tous les deux. Allons, nous garderons quand même quelques points communs.

— C'est O.K. pour ton avocate. À propos d'Ingrid, je l'ai eue à l'appareil. Tout avait l'air d'aller. Si j'étais toi, je la mettrais très vite au courant pour Luigi. Avant qu'elle n'en entende parler par d'autres sources.

— D'autres sources... Comme c'est joliment dit, railles-tu.

Et, cette fois, la fêlure est nette dans ta voix. Antoine...

Notre fils donnera-t-il à sa sœur la raison de sa fugue ; lui dira-t-il pourquoi il a décidé de rester chez son grand-père ? Elle a beau lui porter sur les nerfs, il l'aime bien et voudra, j'espère, l'épargner. Hugues m'a promis d'aborder le sujet avec lui.

— Toujours à propos d'Ingrid, si ce n'est pas trop te demander, reprends-tu (et l'ironie est de retour dans ta voix), pourrais-tu continuer à venir t'occuper d'elle à la maison jusqu'aux vacances ? Tu connais mes horaires. Je m'organiserai à la rentrée prochaine.

Et c'est moi qui ai envie de persifler : sans ton homme au foyer, tes horaires de femme d'affaires et tes sauts en Italie risquent d'être plus coton à gérer.

Voici la mer sur un plateau tapissé de goémon : huîtres, bouquets, tourteaux, praires et autres coquillages. Je désigne le plafond : Nice.

— Regarde...

Tu parcours des yeux les différents médaillons, lèves le sourcil.

— Et alors ?

Deux planètes lointaines...

Nous avons attaqué en silence. Nous étions-nous donc tout dit ? Un mot, je crois, illustre le verrouillage de l'inconscient, le rejet, au plus profond de soi, d'une réalité que l'on ne pourrait supporter : forclos.

Forclos, Hugues et Agnès Larivière ?

La salle dorée s'était remplie sans que je m'en aperçoive. Fin de vacances « de printemps ». Des familles s'en revenaient, d'autres retournaient chez elles, flux et reflux d'une joyeuse et bruyante petite marée autour de beaux trains bleus au nez de cétacé.

— Tout va bien, messieurs dames ? a demandé le maître d'hôtel en nous resservant du vin.

J'ai acquiescé. Oui, tout allait bien. Avec une nouveauté, ce sentiment que j'avais d'être enfin sur la même ligne que toi, partenaires et non ennemis. Pour cela, il avait fallu que le monsieur se sépare de la dame. Bon Dieu, que d'années gâchées.

Je n'en aurais rien regretté, pas un jour, pas une

minute, si cela avait été pour trouver Marie au bout du voyage.

Alors que nous prenions le café, une femme d'une trentaine d'années, sportive et élégante, s'est approchée de notre table. Elle t'a souri.

— Vous êtes bien madame Madelmont ? J'ai lu l'article dans le journal. Bravo pour Majordame. Bravo pour la réussite.

Tu as remercié avec simplicité et elle s'est éloignée.

— Monsieur Madelmont est-il seulement conscient de ce qu'il va perdre ? as-tu demandé avec un sourire.

Voilà que l'humour te venait.

On ne pouvait pas rater Ingrid au milieu des enfants qui descendaient à grands bruits du train Corail. Elle portait sa bombe sur la tête et, au cou, un fer à cheval rutilant suspendu à un ruban.

Bonne chance, ma reine !

Nous découvrant, son visage s'est illuminé et elle s'est précipitée dans nos bras. Nous nous sommes fait connaître des accompagnateurs, puis j'ai pris son sac, elle s'est emparée de nos mains et nous sommes rentrés à la tour bleue.

41

— On n'avait pas dit qu'on irait au cinéma et dîner après ? demande Antoine avec un sourire de traviole.

— Et même voir *Taxi*, si mes souvenirs sont bons.

— Ça se donne au Royal. On pourrait pas y aller ce soir ?

— Pourquoi pas ? Vous en serez, Hugues ?

— C'est un film interdit aux grands-pères. Je me consolerai en tapant le carton avec les copains.

Rires.

Depuis l'appel d'Antoine à Neuilly (« Merci pour les planètes, papa, tu pourrais pas m'apporter ma trottinette ? »), et mon arrivée pleins gaz à Nice, il me semble n'avoir fait que ça : rire.

Non pas de « l'affreux rire de l'idiot », dénoncé par Rimbaud, mais du rire timide et incertain de celui qui rassemble un à un – sans être sûr d'arriver au bout de l'ouvrage –, les fils fragiles d'une très précieuse histoire d'amour.

Comme je l'avais attendu, cet appel ! Trois semaines, quand même. Vingt et un jours. Mais il ne pouvait tomber mieux : l'Ascension, une histoire de ciel. À défaut de Marie, saint Pierre aurait-il décidé de me rendre mon fils ?

Trois semaines bien remplies.

Démission donnée et acceptée au ministère, où elle n'a pas semblé surprendre. Depuis le départ d'Arnaud, beaucoup s'y attendaient.

Longue séance avec maître Lefort, « spécialiste en divorces cool et vite faits », comme elle s'est présentée elle-même. Nous divorcerons à l'amiable.

Pour les enfants, un psy interrogera Antoine sur ses souhaits ; le cas échéant, tu ne t'opposeras pas à ce qu'il me suive à Toulouse. La garde d'Ingrid, qui désire rester à Boulogne, te sera confiée. Les périodes où je la recevrai ont été définies pour la forme. En réalité, nous en déciderons ensemble.

Et, là aussi, le rire s'est invité lorsque l'avocate m'a demandé, le plus sérieusement du monde, si je souhaitais que tu me verses une pension alimentaire, l'écart de nos salaires pouvant le justifier.

Cool et vite fait, j'ai refusé.

Chaque soir, après le ministère, je suis allé à la tour bleue avec l'étrange impression de n'y avoir jamais vraiment vécu. J'ai aidé la reine à préparer ses contrôles de fin d'année, où elle brillera sans aucun doute. Puis nous avons dîné en amoureux et beaucoup papoté.

— Ça t'embête pas, papa, que maman sorte avec Luigi ? Et toi, tu sors avec quelqu'un ?

— Jamais sans l'autorisation de ma fille.

Rire-grelot, incertain, lui aussi.

— Tu sais, maman a dit qu'on pourrait passer plein de vacances ensemble. Pour les grandes, est-ce que tu voudras bien que j'invite Sophie ? On fera du parachutisme à Nice. Et Marie a dit que les jumeaux nous attendaient à Naves. Ils ont une maison chacun, c'est rigolo. On ira ?

Marie me l'a dit à moi aussi ; elle semble être devenue, elle, la reine des SMS.

« Les garçons ont emménagé dans leurs granges. Tu n'en avais pas réclamé une pour toi ? »

« Le feuillandier a concocté des ronds de serviette au nom des Madelmont. Ils viennent quand ? »

« L'envol de Taupinet va sortir bientôt. Surveille ton paillasson. »

Je ne suis pas très SMS, et les granges, les ronds de serviette, ton nouvel album, Marie, sont autant de coups portés au cœur de celui qui voulait ton amour et traduit tes messages comme des gestes de pitié vis-à-vis de l'éclopé.

Antoine est sorti du cinéma emballé par *Taxi*. Pour ma part, j'avais regardé davantage son visage que l'écran. Il avait tellement changé en quelques semaines. L'ado était bien là, mon Petit Prince, disparu à jamais.

« Un psy l'interrogera sur ses souhaits. »

Et s'ils étaient de rester avec son grand-père ?

Pour dîner, il a choisi une pizzeria sur la promenade des Anglais.

À Paris, j'avais prévu de profiter du repas pour aborder le sujet de la drogue. Hugues s'en était chargé. Selon lui, Antoine n'avait fait que goûter au cannabis et y avait renoncé sans apparente difficulté. Boris n'y était pour rien, ce qui, sans que je comprenne bien pourquoi, m'avait soulagé. La confiance ?

Ce soir, je répondrais à sa question : « Pourquoi tu n'as rien fait, papa ? »

Il a commandé une pizza royale, et moi, des nouilles carbonara.

— Tes sucres lents ? a-t-il lancé avec ironie.

— Tu ne crois pas si bien dire : j'ai l'intention de me remettre au sport à Toulouse. Il faut bien que je m'y prépare, ai-je plaisanté.

— Il paraît qu'il fait toujours beau là-bas. C'est pour ça qu'on l'appelle la « Ville rose » ?

— C'est plutôt à cause de la couleur des maisons. Caroline nous en cherche une pas trop loin de la leur.

J'avais lancé le « nous » comme une bouteille à la mer : toi, mon fils, et moi, ton père. Une maison avec plein de chambres « à donner », à la famille et aux amis.

— Ils vont construire une piscine dans leur jardin. Ça sera chouette.

Mon cœur a bondi : « Ça sera chouette. » Antoine avait-il l'intention d'en profiter avec moi ? Venait-il d'apporter une réponse – mesurée – à mon « nous » ?

Le serveur a servi les boissons. Pour moi, une demi-bouteille de montepulciano, un vin qui chante. Pour Antoine, un Coca avec de la glace et une paille. Il me semblait être entré dans le décor de la salle dorée à la gare de Lyon. Or dans le ciel et sur la mer, avalanche de fleurs, atmosphère de fête. Nous y ajoutions cette terrasse colorée où mon avenir et celui de mon fils étaient en train de se jouer dans les odeurs d'un restaurant... italien.

— Alors, elle vit avec son fils de pute ?

Sous l'attaque, j'ai sursauté. Antoine me regardait avec défi. J'ai respiré à fond avant de répondre.

— Je suppose que tu parles de Luigi ? Non, il ne vit pas avec ta mère. N'oublie pas qu'il travaille à Milan.

— Ingrid m'a dit qu'il venait souvent à la maison.

— Je crois en effet qu'il lui arrive d'y passer.

— Pour baiser ?

Mon ado me lançait les mots interdits à la figure comme autant de grenades. Qu'attendait-il de son père ? Qu'il le rabroue ? Ou tout simplement qu'il entende enfin sa révolte, sa détresse. Mon ado me retirerait sa main, même si, comme j'en brûlais d'envie, je ne faisais que l'effleurer.

— Ta mère a très mal agi, Antoine. Ce qu'elle nous a fait est inadmissible. C'est pourquoi j'ai décidé de demander le divorce. Ton grand-père a dû te le dire.

— À l'amiable, a-t-il ricané.

— En espérant que ça se passera le moins mal possible pour ta sœur et pour toi.

— Formidable ! Elle va t'avoir une fois de plus. Elle s'y connaît.

— Je ne me laisserai plus jamais avoir, Antoine. C'est terminé.

Notre commande est arrivée ; à point pour que je puisse reprendre souffle. Antoine s'est plongé aussitôt dans sa pizza. J'ai bu quelques gorgées de vin. C'est toi qui m'avais fait découvrir le montepulciano. Tu aimais la douceur du nom. La douceur...

— Et Ingrid ? Ça lui plaît de vivre avec elle ?

— Ingrid tenait beaucoup à rester à Boulogne avec ses amies.

— Elles vont pas s'emmerder toutes les deux.

J'ai regardé le front buté de mon fils. Il n'avait pas prononcé une seule fois le mot « maman ». Malgré sa révolte, souffrait-il à l'idée que sa sœur allait vivre avec sa mère et pas lui ? J'avais l'impression de voguer en eaux troubles, sans savoir exactement de quel côté ramer. Il me fallait seulement veiller à ce que mon fragile passager ne quitte pas la barque avant que j'aie pu lui dire l'essentiel.

— Il y a quelque chose que tu dois savoir, Antoine : ta mère t'aime. À chaque fois que nous nous voyons, elle me demande de tes nouvelles. Tu lui manques.

— C'est ça, fais-moi chialer.

Une famille s'est installée à la table voisine. Parents et enfants, dont un dans une poussette. Le serveur a distribué les menus, et tout le monde s'est mis à parler à la fois.

— Du calme, a ordonné le père. C'est promis, personne ne mourra de faim.

Ils ont tous ri. C'était bête et attendrissant.

— Elle m'a écrit, a grommelé Antoine. Tu devineras jamais. Elle m'a demandé pardon. Pardon, mon petit chéri.

Sa voix s'est étranglée. Il a relevé les yeux. Ils étaient pleins de larmes.

— Merde. Pourquoi elle est comme ça, papa ?

42

Et pourquoi avais-je tant tardé à lui parler d'Agnès Larivière, la femme de ce grand-père qu'il aimait tant ? Pourquoi lui avais-je caché les raisons de ton attitude envers Hugues ? Et plus tard envers moi, envers nous ?

Je lui ai raconté l'histoire de la femme triste et fragile, l'artiste passionnée de musique que sa petite fille écoutait jouer du piano. Il a commencé par torturer sa paille, déchiqueter sa serviette, lever les yeux au ciel, simuler l'indifférence. Mais, peu à peu, ses épaules se sont courbées, ses lèvres ont tremblé, il ne m'a plus quitté des yeux.

Gabrielle a cinq ans. On vient de lui apprendre que sa maman était morte d'une grave maladie appelée cancer. Elle se sent coupable. Elle n'a pas su la protéger. Elle s'est même souvent mise en colère contre elle. Parce qu'elle a un fichu caractère, la petite Gabrielle : Ingrid multipliée par dix. Mais il faut reconnaître que ce n'est pas tous les jours drôle pour elle, sans frère ni sœur, dans l'immense appartement de Neuilly. Et voici que, à présent, elle s'y retrouve toute seule avec un papa qui cache son désespoir et se réfugie dans le travail, l'abandonnant aux soins d'une gouvernante.

Alors, pour s'en sortir, elle s'invente une histoire. C'est ce papa qu'elle n'a jamais vu pleurer qui a causé la maladie de sa maman en l'empêchant de devenir une vedette du piano et de donner des concerts partout. Il l'a obligée à le suivre dans ses propres voyages et à être une « femme au foyer », c'est pour ça qu'elle était si triste. Ce n'est pas le cancer qui l'a dévorée, c'est lui, en la retenant prisonnière.

Cette histoire que se raconte la petite fille va grandir avec elle. Pour ne pas mourir comme sa maman, Gabrielle se jurera de ne jamais se laisser avoir par un homme. La méfiance la guidera : elle, personne ne lui volera sa vie. Elle revêtira une cuirasse. La suite, tu la connais aussi bien que moi, Antoine.

Les ors de la salle dorée s'étaient obscurcis. Pour y ramener un peu de clarté, j'ai ajouté, mais le ton n'y était pas :

— Ta mère, ses sucres lents, c'est sa révolte.

Et c'est mon fils qui a pris ma main, car, pour finir, cela aurait été bel et bien lui qui m'aurait fait chialer.

— À propos de sucres lents, tu ferais mieux de manger tes nouilles avant qu'elles soient glacées, papa.

Il dort sous ses planètes. Apaisé ? J'ai rejoint Hugues sur la terrasse, où il m'a servi un petit verre de crème de framboise sans se douter à quel point j'en avais besoin.

La nuit est fraîche. Nous avons recouvert nos épaules d'un plaid : deux vieux messieurs frileux. À propos, il m'apprend que l'appartement voisin n'est pas près d'être vendu : de sombres bagarres entre les héritiers. Puis il m'annonce une bonne nouvelle : il est convaincu qu'Antoine choisira de me suivre à Toulouse.

— Figurez-vous que, avant même que j'aie eu le temps de le faire moi-même, son ami Julien lui avait révélé que vous alliez vous y installer. Sa joie en apprenant que vous travailleriez au fameux A380 était évidente. Si j'étais vous, je ne tarderais pas trop à l'inscrire au collège là-bas. Si possible le même que celui de Julien. Votre Arnaud ne pourrait pas le pistonner ? Mais laissez le petit prendre les devants.

— Il me semble qu'il a commencé.

Je raconte à Hugues la réflexion d'Antoine à propos de la future piscine d'Arnaud : un signe encourageant, reconnaît-il.

— Et ce dîner ?

— Il a débuté plutôt rudement. Il s'est mieux terminé.

« Pourquoi elle est comme ça ? »

Trève de précautions, je rapporte à Hugues ma réponse à la question d'Antoine sur sa mère et lui avoue mes regrets de ne pas lui avoir parlé plus tôt d'Agnès, sa grand-mère artiste, et du désespoir de Gabrielle après la mort de celle-ci. Désespoir et révolte qui l'ont très certainement conduite à devenir la combattante d'aujourd'hui. Je suis résolu, sitôt rentré à Boulogne, à faire le même récit à Ingrid.

Hugues se tait. Il regarde au loin. Il fuit ? Alors, je me libère de la question qui me tourmente depuis si longtemps.

— Pourquoi avez-vous laissé Gabrielle vous accuser, Hugues ? Ne m'aviez-vous pas dit que votre femme avait toujours été fragile ? Fragile et fatiguée, même avant votre mariage ? Que c'était pour cette raison, et non à cause de vous, qu'elle avait dû renoncer à sa carrière ? Était-il donc si difficile de l'expliquer à votre fille ? Elle aurait compris.

La réponse tarde à venir. Au loin, la ville murmure, les lumières frissonnent.

— Je ne pouvais pas, Jean-Charles. Croyez-moi, cela m'était impossible.

— Si vous ne vous en sentiez pas la force, quelqu'un d'autre n'aurait-il pas pu s'en charger ? Pour votre bien à tous les deux ?

— Notre bien ?

Hugues se tourne vers moi. Ses mâchoires sont serrées. Il se livre visiblement un combat. Il ferme un instant les yeux. Lorsqu'il les rouvre, son visage est tragique et c'est moi qui redoute la vérité.

— Seule Marie est au courant de ce que je vais vous révéler, Jean-Charles. Puis-je avoir votre parole d'honneur de garder le secret ?

43

Il y avait un paquet sous mon paillasson à Neuilly, renfermant l'album annoncé par Marie : *Les Ailes de Taupinet*. En dédicace, une frise : une montagne, une aile, un bosquet de chênes, une aile, une rivière, une aile, une, deux, trois granges, trois ailes. Un scribe signait en inscrivant « LA VIGNE » au fronton d'une sorte de temple, une clé était scotchée sous la frise.

J'ai ramassé mon sac, claqué la porte, dévalé l'escalier, sorti la voiture du garage et pris la route comme on prend le ciel, comme on va à la femme qu'on aime, sans plus penser, ni se poser de questions, léger, aérien, porté, transporté – d'ailleurs, ce n'était pas rouler, c'était voler. L'Ascension.

Il était quatre heures du matin lorsque la flèche éclairée de l'église Saint-Pierre-ès-Liens s'est dressée devant moi. « Viens et n'aie pas peur », dit Jésus à Pierre qui marche sur les eaux. La tempête était là, les vagues les plus hautes, les creux les plus vertigineux, mais je n'avais pas peur : j'allais vers Marie.

Homme de peu de foi, plus myope que Taupinet, il m'en aurait fallu du temps pour comprendre qu'elle m'aimait.

J'ai traversé Naves endormi, abandonné mon vaisseau spatial sur le chemin, coupé à travers champs, marchant dans la frise, la clé du temple à la main.

Une lumière théâtrale éclairait la cour : voiture, moto, vélomoteur – les Colombelles étaient là. Un chien a aboyé dans une grange, Miro a miaulé dans l'autre, je suis entré dans la maison de ma dame.

Elle sentait les tartines de l'enfance, le « alors ? » lancé à celui qui revient, l'abri, le gîte, les retrouvailles, les accordailles. Le bois des marches a craqué sous mes pas, j'ai poussé la porte de la chambre du milieu.

— Tu en as mis du temps, Jean-Charles.

Dans tes draps de soie, tes oreillers de dentelle, entre les globes flamboyants aux quatre coins de ton lit, tu avais l'air d'une fée. Une fée des bois et des forêts avec tes boucles châtaines en vrac sur tes épaules, une fée des rivières, avec celle de diamant qui coulait dans tes yeux.

La fenêtre où nous nous étions accoudés et où j'avais loupé le coche qui menait à ton cœur était grande ouverte sur la nuit. Je me suis placé devant, comme le messager de l'aube, et je suis passé aux aveux.

Je t'avais aimée sans le savoir dès la première rencontre, une senteur, une brise, trois notes de musique, un frisson de satin, rien de remarquable, je ne m'étais pas méfié et, peu à peu, tu avais pris possession de tout le terrain, ainsi va l'eau. Et parce que tu étais la douceur et la chanson, la femme qui étanche la soif, assoupit la douleur, offre l'accalmie, bientôt il ne m'avait plus été possible de vivre sans toi.

Je t'ai raconté comment, un soir d'humiliation et de désespoir, j'étais allé te chercher dans les bras d'une fille qui offrait à de prétendus guerriers des instants trompeurs où ils pouvaient se croire reconnus, et invincibles parce que aimés. Une fois, Marie, une seule, et après je suis venu sous tes fenêtres te demander pardon.

La fée s'est redressée sur sa couche d'or et a froncé les sourcils.

— Une seule fois en dix-sept ans ? C'est louche.

Tu m'as ordonné de te rejoindre. Je n'osais pas. Tu m'as pris de force dans tes bras.

Tu m'as dit que j'étais entré dans ta vie comme la tempête. J'avais arraché tes rideaux bonne-femme, fait sortir les portes de leurs gonds, ouvert toutes les fenêtres, tout mis sens dessus dessous, une BD démente, un opéra de Wagner. En un instant, j'avais tout investi, la partie de ton cœur réservée aux romans-photos et le moindre centimètre de ta peau.

Tu m'avais aimé comme un ours tendre et bien léché qui sentait bon sa forêt, la terre de ses Ardennes, et portait des éclats de ciel dans les yeux. Un homme solide et gai, peu à peu entraîné dans le désert. C'était pour le pilote assoiffé, autant que pour son Petit Prince, que tu avais dessiné le mobile aux planètes.

Tu aimais Denis comme l'enfant à sauver, l'orphelin à qui tu avais donné une mère, un toit, le vivre et le couvert. Il t'en avait doublement remerciée en t'offrant tes jumeaux. Tiens, à ce propos, cela m'intéresserait-il de connaître leur jeu préféré ? Parier sur le temps que mettrait Jean-Charles Madelmont à venir s'approprier son rond de serviette. Imaginais-je qu'ils étaient idiots ? Qu'ils n'avaient rien deviné, nos garçons ?

Puisque tout le monde était contre moi, j'ai essayé de passer en force, de clore le bec de la fée avec mes lèvres de prince, mais elle m'a repoussé d'un coup de sa baguette magique : le conte n'était pas terminé.

Ton orphelin au cœur tendre était parti. Ton orpheline au cœur blindé t'était restée. Tu aimais Gabrielle comme une petite sœur égarée que tu t'étais promis de protéger toujours. Lorsque, avec l'un de ces grands rires dont elle était la spécialiste, elle t'avait appris que j'étais candidat à ton cœur, tu lui avais répondu aussi sec : « Merci oui, je prends. » Elle s'était mise en colère, variante sombre de ses rires, avant de déclarer que tout allait bien qui finirait bien et qu'elle postulait pour le rôle de demoiselle d'honneur, devant Dieu, puisque cette fois le porche de l'église nous serait grand ouvert. À Naves, supposait-elle.

La douleur est montée comme une lame de fond : sainte Marie et Jean-Charles le martyr ?

« Elle s'est toujours fait un devoir d'aider les éclopés, tu pourrais bien avoir ta chance. » Déesse-cobra, déesse-vautour, j'ai cru couler. Bien sûr, Pierre, que j'avais peur. Marie ne venait-elle pas de décrire elle-même celui qu'elle était prête à prendre ? L'homme assoiffé dans son désert, l'ours de pacotille, le vaincu, le minable ?

— Je ne veux pas de ta pitié, Marie.

La fée a léché des babines de louve. Déesse-louve.

— Moi qui avais justement l'intention de te la manifester.

Elle est passée à l'offensive.

Tout ce que je peux dire, c'est que, « sainte Marie », on ne me la fera plus. Sa gourmandise aurait dû m'alerter, la façon dont ses yeux brillaient devant les produits de la terre, qu'elle goûtait après s'être passé la langue sur les lèvres. Au cours d'un moment d'égarement, entre deux bouchées de chair fraîche, allégrement partagées, j'ai même déclaré à l'hétaïre que, en cas de besoin, elle pourrait poser sa candidature à L'Oasis.

J'ai été son festin.

La fée cachait sous sa robe toutes sortes de trésors menant à un ruisselet qui ne coulait que pour moi. Avant de m'y abreuver, j'ai exploré sans hâte collines et vallées, j'ai séjourné dans des îlots semés de grains de beauté, me suis perdu dans une forêt. Nous avions tout le temps, n'est-ce pas ? Et même, quoi que prétendent certains esprits chagrins, toute la vie, qui sait ?

Enfin je suis venu, nu et désarmé dans ton ventre. J'ai abdiqué devant ta force, tu as gémi sous la mienne, peur et solitude ont disparu, il n'y a plus eu dans la vigne qu'un homme et une femme pris d'amour.

44

Ce 27 août 2005, à dix heures vingt-neuf, sur la piste Concorde de l'aéroport Toulouse-Blagnac, le géant blanc et bleu a décollé avec la légèreté d'un oiseau sous les yeux du monde entier.

Cinquante mille personnes, dont six mille ingénieurs, avaient participé à l'aventure. L'Allemagne s'était chargée du fuselage, l'Angleterre, des ailes, l'Espagne, des ailerons, la France avait pris en charge le cockpit et l'assemblage. C'était l'Europe qui s'envolait.

— On gagne grâce à ses différences et non contre ses différences, a déclaré le vice-président de la famille Airbus, laquelle comprenait quatre-vingt-deux nationalités.

Six hommes vêtus d'une combinaison orange étaient à bord : pilote, copilote, trois ingénieurs dont un Allemand, un Espagnol et un Français, et un ingénieur mécanicien.

— J'ai toujours aimé les avions. Depuis l'enfance, je lève les yeux chaque fois que j'en entends passer un, a dit le pilote. En somme, c'est une bicyclette avec du métal autour. Le moment émouvant, c'est quand on lâche les freins.

— Moi, je serai pilote, a décidé Antoine, la main sur le badge Airbus épinglé sur sa poitrine et où était inscrit le nom de son père.

— Et moi, ingénieuse, a répliqué Ingrid en montrant aux jumeaux extasiés son étincelant fer à cheval.

« Ingénieuses », ainsi appelait-on les femmes qui avaient participé à la construction de l'A380. Il n'était pas exclu que l'une conduise un jour le gros-porteur.

Pour célébrer la grand-messe autour de la « cathédrale du ciel », la foule était arrivée avant que ne chantent les cigales. Au bord des pistes, au balcon des collines, des milliers de personnes partageaient la joie et l'émotion d'un moment ressenti par tous comme historique.

Mon père avait emporté les jumelles avec lesquelles il suivait le passage des oiseaux, et qui lui indiquaient les saisons et parfois la météo. Ma mère ne cessait d'essuyer ses yeux.

— Que voulez-vous, c'est le soleil, il tape trop fort.

Ce que fait parfois un excès de bonheur.

— Un avion, c'est un ensemble. Il faut le regarder vivre de l'extérieur comme de l'intérieur, le sentir, écouter battre son cœur électrique, pour savoir si tout va bien, a dit l'ingénieur. Si son cœur a des ratés, c'est comme chez un humain, il meurt.

Des commandes avaient été passées des quatre coins de la planète. Plus de cent cinquante clients avaient acheté du rêve ; aujourd'hui, la réalité leur était offerte.

— L'A380 est bien né. Son âme et son corps se sont réunis pour voler ensemble, a conclu le patron d'Airbus.

Marie a serré ma main.

Le soir, il y a eu grand raout chez nous. Deux buffets avaient été dressés, l'un dans le salon pour les frileux, l'autre dans le jardin, où Marie a déjà tant planté qu'il est exclu d'y creuser jamais une piscine. Nous continuerons à profiter de celle d'Arnaud.

La maison est vaste : cinq chambres à coucher. La plus belle, avec salle de bains privée, est réservée à mes parents et à Hugues. Nous aimerions les y voir plus souvent.

De Naves à Toulouse, en voiture comme en train, il faut compter un peu plus de deux heures. Nous pratiquons avec Marie la cohabitation alternée. C'est ça, les couples modernes.

Antoine suit correctement sa seconde. Ingrid brille en sixième. Je me débrouille pas trop mal avec mes avions.

Il paraît que, pour toi, Gabrielle, ça marche fort. Tu as ouvert une seconde succursale en Italie. Tu viserais les États-Unis. On ne peut vivre sans rêve. Les tiens ont toujours été pharaoniques.

En me disant qu'avec Marie vous n'aviez pas de secrets l'une pour l'autre, tu te trompais. Marie en avait un que ton père lui avait confié. Nous sommes désormais trois à le partager.

On dit que le cancer est en chacun de nous, attendant son heure pour se déclarer, une heure qui, par bonheur, ne sonnera pas pour la plupart.

La fatigue récurrente d'Agnès Larivière était due à un mauvais équilibre hormonal ; on lui retirait périodiquement des kystes ovariens.

La tumeur se préparait-elle de longue date au fond

de ce que l'on appelle l'« appareil génital » ? À l'époque, la médecine ne disposait pas des instruments perfectionnés qui auraient pu en déceler la présence, mais, soupçonnant un terrain favorable au cancer, le gynécologue de la jeune mariée lui avait déconseillé d'être enceinte. Désireuse d'offrir un enfant à l'homme qu'elle aimait, Agnès décida de passer outre.

Ta venue, Gabrielle, a déclenché le processus irréversible. C'est toi qui as sonné l'heure.

C'est pourquoi tu ne liras jamais ces pages.

Quels que soient les vents qui te poussent, je te les souhaite glorieux, ma chérie, pour t'épargner d'entendre ce que disait le visage triste de la femme au piano.

Table

Du même auteur
aux éditions Fayard

L'Esprit de famille (tome I)
L'Avenir de Bernadette (L'Esprit de famille, tome II)
Claire et le bonheur (L'Esprit de famille, tome III)
Moi, Pauline ! (L'Esprit de famille, tome IV)
L'Esprit de famille (coffret tomes I à IV)
Cécile, la Poison (L'Esprit de famille, tome V)
Cécile et son amour (L'Esprit de famille, tome VI)
Une femme neuve
Rendez-vous avec mon fils
Une femme réconciliée
Croisière (tome I)
Les Pommes d'or (Croisière, tome II)
La Reconquête
L'Amour, Béatrice
Une grande petite fille
Belle-grand-mère (tome I)
Chez Babouchka (Belle-grand-mère, tome II)
Boléro
Bébé couple
Toi, mon pacha (Belle-grand-mère, tome III)
Priez pour petit Paul

RECHERCHE GRAND-MÈRE DÉSESPÉRÉMENT
ALLÔ, BABOU VIENS VITE... ON A BESOIN DE TOI (Belle-grand-mère, tome IV)

Chez d'autres éditeurs :

VOUS VERREZ, VOUS M'AIMEREZ, Plon
TROIS FEMMES ET UN EMPEREUR, Fixot
UNE FEMME EN BLANC, Robert Laffont
MARIE TEMPÊTE, Robert Laffont
LA MAISON DES ENFANTS, Robert Laffont
CRIS DU CŒUR, Albin Michel
CHARLOTTE ET MILLIE, Robert Laffont
HISTOIRE D'AMOUR, Robert Laffont
LE TALISMAN, Robert Laffont (La Chaloupe, tome I)
L'AVENTURINE, Robert Laffont (La Chaloupe, tome II)

Tous les livres cités sont également publiés au Livre de Poche, excepté les romans des éditions Robert Laffont publiés chez Pocket.

Composition réalisée par NORD COMPO

Achevé d'imprimer en octobre 2009, en France sur Presse Offset par
Maury-Imprimeur - 45330 Malesherbes
N° d'imprimeur : 151015
Dépôt légal 1re publication : avril 2008
Édition 02 - octobre 2008
LIBRAIRIE GÉNÉRALE FRANÇAISE - 31, rue de Fleurus - 75278 Paris Cedex 06